# Grande capo cattivo

*Gli accoppiati*

## I lupi di Wall Street
### Libro 4

### Renee Rose

### Lee Savino

*Traduzione di*
Cristina Zappalà

 Creato con Vellum

# OTTIENI IL TUO LIBRO GRATIS!

Iscrivetevi alla newsletter di Midnight Romance per ricevere La Vergine e il Vampiro e notifiche riguardo a nuove pubblicazioni!

https://dl.bookfunnel.com/wg56byh1hb

# OTTIENI IL TUO LIBRO GRATIS!

Iscrivetevi alla newsletter di Renee per ricevere Preludio e Indomita, scene bonus gratuite e notifiche riguardo a nuove pubblicazioni!

https://subscribepage.com/reneeroseit

\* \* \*

Ricevi un libro gratuito, **Allevata dai Berserker** (solo per i fan più sfegatati iscritti alla newsletter di Lee). **Clicca qui per cominciare**

# Capitolo uno

M *adi*
Bloccata da centodieci chili abbondanti di solido muscolo, ho i seni schiacciati contro la lastra della finestra che dal pavimento tocca il soffitto del mio ufficio. Ho la mano di Brick fra le gambe, la gonna arrotolata fin sulla vita. Porto le parigine, e mi ha infilato le dita sotto l'elastico delle mutandine – mi penetra.

"Brick!" Trasalisco.

"Non ancora," mi ringhia nell'orecchio il mio ex Grande capo cattivo. "Non vieni finché non vengo io, signorina Evans." Con la mano libera mi rifila uno sculaccione al culo. "È tutto il giorno che *mi scoppiano*" – altra sculacciata – "*le*" – mi piega le dita dentro – "*palle*"– mi morde il collo – "da quanto penso a te."

Se continua così alla prossima spintarella vengo! "Non vedo... come possa essere colpa mia." Il tono non corrisponde alle parole. È roco, ho il fiatone.

"Sfacciata, vedo." Mi tiene le labbra appena dietro all'orecchio. Il suo caldo alito è piuma sulla pelle. Mi tira giù le mutande. "Adesso mi occupo della mia voglia non poco

1

*pressante"* – mi fa sentire la parte del corpo con cui vuole sfondarmi – "e poi penserò alla punizione idonea alla sgridatina quotidiana." Sento frusciare i pantaloni, poi la cerniera scendere. "Adesso spalanca le gambe, Evans."

Difficilino con le mutande sulle cosce... mi metto a sculettare per farle scendere fino ai tacchi a spillo.

Non importa. Brick sta già perdendo il controllo. Figurati se si accorge se ho ubbidito all'ordine. Mi tira indietro i fianchi perché vada incontro alle sue spinte, e con un unico movimento rapido m'impala.

Sussulto. È troppo brutale, come sempre, ma assolutamente delizioso. Adoro che al termine di ogni giornata si faccia feroce, disperato, dominante. Adoro sapere che ha tanto bisogno di penetrarmi da non riuscire ad aspettare di arrivare a casa. Che debba chiudermi a chiave la porta dell'ufficio, buttare a terra tutta la roba che c'è sulla scrivania e piazzarmi la bocca fra le gambe prima ancora di riuscire a pensare di riaccompagnarmi all'attico.

E stasera non fa eccezione. Sono dovuta rimanere fino a tardi per preparare la riunione di domani con la sussidiaria francese, quindi sono le diciannove e mezza. All'ultimo piano, dove io ed Eleanor gestiamo la società, non c'è più nessuno.

E per fortuna – altrimenti sentirebbero quanto forte mi fa urlare Brick quando è così carico!

Piazza una mano sul vetro, accanto al mio viso, e usa l'altra per tenermi i fianchi mentre mi sbatte. "Ti ho detto di *spalancare le gambe, Evans.*"

Mi sa invece che se n'è accorto...

Mi allargo, spostando ancora più indietro il bacino. Il cazzo affonda meglio, fino a toccarmi il punto G.

"Brick!" rantolo.

"Niente *Brick*, Madison Evans. So che vuoi venire. Ma cosa ti ho detto?"

"Che devo... aspettare." Ansimo. Ecco, già perdo la capacità di formulare frasi intere.

"Esatto." Mi penetra più forte.

"Oddio," gemo.

"Prendilo tutto, piccola umana."

"Non... non posso," singhiozzo. Be', certo che *posso*. *Lo sto prendendo!* Ed è bellissimo. Ma muoio dalla voglia di venire.

"Se sono troppo brutale è perché il lupo vuole qualcosa da te."

Ho il cervello fuori uso. Non ho idea di cosa stia parlando.

Ma forse è lui a dire fesserie, perché le spinte si fanno più selvagge. Perde ritmo e fiato.

La mano sui fianchi passa davanti.

Capendo cosa sta per succede, il tremore comincia ad attraversarmi le gambe. Il piacere sboccia al centro del corpo.

"E sai cosa vuole, Madison?" Lascia volteggiare le dita appena sopra al clitoride. Ci tamburella su una volta. "Vuole..."

Perde la concentrazione. Inspira brusco – trattiene l'aria. "Adesso," ordina, immergendosi in profondità e venendo. Finalmente mi tocca il clitoride, e urlo di un orgasmo pieno, potente. I muscoli interni gli risucchiano più a fondo l'uccello.

Brick continua a massaggiarmi il clitoride, strappandomi un brivido dietro l'altro, facendomi durare l'orgasmo più di quanto credessi umanamente possibile.

Quando finisce non riesco nemmeno a reggermi in piedi. Mi accascio fra le sue braccia; mi prende su e mi porta alla scrivania, si siede sulla poltrona e mi culla nel suo grembo.

"Vuole dei cuccioli, Madi. Il lupo vuole dei cuccioli."

\* \* \*

*Brick*

Lo sguardo confuso si acuisce quando si posa sul mio volto. "*Cosa?*"

Merda. Non volevo tirar fuori l'argomento. Ne abbiamo già parlato. È appena diventata la direttrice di quella che probabilmente è la più grossa azienda di cosmetica del mondo – che poi eredìterà. Non è pronta a dare inizio a una famiglia.

Do uno scossone della testa. "Erano solo chiacchiere da sesso, Buchetti. Non dicevo sul serio."

Batte le ciglia. "Ma è vero? Vuole ingravidarmi?"

Mi sfrego la mano sul viso. "Non so se la metterei *così*."

"Questo lupo ha sempre nuove pretese, eh? Ti prego, dimmi che non ti ammalerai di follia della luna se non resto incinta in sei mesi..."

Sorrido. "Niente malattia. Ma sarà necessaria una copulazione frequente. Ti ho avvisata."

Lascia scendere le palpebre e mi strofina il naso sul collo. "Di questo proprio non mi lamento, Cattivone."

Le prendo il mento per impossessarmi della sua bocca: voglio assicurarmi che venga baciata come si deve, prima di alzarmi – sempre tenendola in braccio. "Andiamo. Stasera non sono riuscito a nutrirti, e la cosa rende scorbutico il lupo. Ho bisogno di te nuda nel mio letto."

"Nel *nostro* letto."

Mi blocco e la guardo negli occhi. "*Nostro*. Lo sai che tutto ciò che è mio è tuo, no?" Contro il consiglio legale di

Eagle, ho cointestato tutti i conti a Madi, e ho depositato un nuovo testamento che la rende mia erede – insieme ai miei nipoti. Devo essere sicuro che una volta maggiorenne Auggie possa mettersi al timone dell'azienda e del branco, dovesse accadermi qualcosa.

Le si addolcisce lo sguardo. "Lo so, sì."

Faccio per portarla alla porta, ma indica le mutande, a terra. Mi chino a raccoglierle senza mollare il mio trofeo. "Puoi sbarazzarti di qualsiasi mobile, quadro e oggetto dell'attico per riempirlo di roba di tua scelta, se vuoi. O di nostra scelta. Anzi, facciamolo, dai! Voglio che tu lo senta casa tua. So bene che per me hai lasciato Brooklyn..."

"Stavo solo scherzando, Brick. Lo so che vuoi farmi sentire a casa. Mi sto ancora adattando, ma ci sto arrivando."

"Be', portiamo fuori la mia roba. Così ci arrivi prima."

"Non ha senso eliminare i fantastici mobili dell'attico!" E per puntualizzare il concetto, dà un calcio con quei tacchi sexy.

La porto all'ascensore.

"L'adattamento che tengo a incoraggiare di più riguarda i miei parenti," fa.

Mi blocco di nuovo. Il lupo ha bisogno di risolvere ogni singolo problema cui accenni. Ogni ostacolo al nostro stare insieme. Va aggiustata qualsiasi cosa turbi la mia compagna.

Tiro a indovinare. "Tua madre non si fida di me."

Si stringe nelle spalle. "Cerco continuamente di farle capire che sei diverso dal donatore di sperma, ma sospetto che il fatto che abbia accettato questo lavoro nello stesso momento in cui sono venuta a vivere da te le faccia collegare la mia nuova vita agli Harrington."

"E Brayden?"

Si sporge oltre le mie braccia per premere il pulsante

dell'ascensore. "È un ragazzino di diciotto anni. Non gliene frega niente della mia vita sentimentale."

"Gli andrebbe una macchina?" Entro nell'abitacolo e chiamo il piano del garage. Madi mi ha fatto riservare un posteggio nel sotterraneo.

"No, Brick." Pare esasperata. Sto ancora imparando che i soldi non sistemano nulla nella sua famiglia. Anzi, tendono a esacerbare i problemi. "Non sa neanche guidare. Gli hai già comprato un intero edificio vicino all'università in modo che possa andare a lezione a piedi!"

"Non sa guidare?" Imbocco questa strada allora. "Glielo insegno io."

Mi si rilassa fra le braccia. "Idea... ottima. Non ha mai avuto una figura paterna. Non che stia dicendo che sei abbastanza vecchio da fargli da padre, eh..."

"Però lo sono." La sposto in modo che mi stia a cavalcioni sulla vita, e la schiaccio contro alla parete dell'ascensore. Devo penetrarla. *Di nuovo.*

Assurdo quanto abbia bisogno della mia compagna!

"Lo porto sulle Berkshire, così può allenarsi per le stradine."

"Sarebbe divertente."

"Aspetta." Premo i fianchi contro ai suoi. "*Tu* sai guidare?"

"No."

"Insegnerò a tutti e due. Anche a Aubrey, se vuole."

La luminosità un po' le abbandona il viso. "Non so se le farebbe piacere." Trasuda un vago senso di sconfitta che non mi piace mica tanto.

L'ascensore si apre al pianterreno, e la porto alla Jaguar. "Mi odia?"

"No." Ma non è convintissima, eh. "Cioè, non è che le

piaci, eh... ma non credo sia quello. Penso... che ci manchiamo."

Aggrotto le sopracciglia. Sono completamente fuori dal mio elemento. I rapporti fra donne si spingono oltre la mia comprensione. E i rapporti fra donne *umane* pure un tantinello più in là. Poi capisco. "Sto monopolizzando tutto il tuo tempo libero."

"Non è solo questo..." Riecco il tono sconfitto.

"Cosa c'è allora?" Riluttante, la metto a terra e le apro la portiera del passeggero.

Scivola sul sedile con un sospiro. Quando monto al volante, dice: "Ci stiamo allontanando. Mi crede cambiata. Il che sarà anche successo, col fatto della Luna eccetera. Ma non posso mica parlagliene! Non posso dirle nulla, quindi non abbiamo più molto da dirci. Adesso sono la ricca direttrice operativa della *Fiumana* che vive col fidanzato miliardario. Sono il tipo di persona contro cui organizza le proteste. Sono sicura che crede di non riconoscermi più. E lo odio."

E io odio che lei lo odi.

Il lupo che c'è in me ha voglia di squarciare qualche gola. L'amministratore delegato di licenziare qualcuno. Il miliardario vuole seppellire il problema sotto un mucchio di dollari per farlo sparire. Tutte azioni vane, ovviamente.

Mi squilla il telefono, ma m'immetto in strada e lo ignoro. "Immagino perciò che un invito nelle Berkshire non aiuterebbe."

"Mi sa di no. È come la mamma. Sospettosissima nei confronti dei benestanti."

"Scrivile per vedere se le va di vederti domani sera."

Mi scocca un'occhiata. "Intendi a casa nostra?"

Squilla di nuovo. Lo ignoro. "A casa sua. Così vi guardate un film degli anni Ottanta... o quel che fate di solito insieme."

Pesca il telefono, ma prima che possa scriverle le s'illumina per una telefonata. Fa scattare in su le sopracciglia dalla sorpresa. "È Billy. Probabilmente ti stava chiamando lui."

Risponde mettendo in vivavoce. "Billy? Che c'è?"

"C'è Brick?" Non mi piace il tono teso.

"Cosa vuoi?" ringhio.

"Abbiamo un problema."

# Capitolo due

*Madi*

"Ecco il problema." Davanti a noi, Billy cammina avanti e indietro. Ci siamo tutti raccolti in una sala conferenze privata dell'edificio di Billionaire's Row che ospita la nostra residenza cittadina. L'atmosfera è tesa, e si riflette tutta sui volti dei ragazzi. "Si è fatto sentire il re di Manhattan. Vuole vederti."

"Per cosa?" ringhia Brick. È in piedi al mio fianco, rigido.

"All'epoca di tutti quei casini al *Blue Moon*, mi hai detto di prendermi cura della tua compagna," dice Billy. "Sapevo che forse saremmo dovuti scappare e che avremmo avuto bisogno di amici nei posti giusti. Perciò gli ho chiesto un favore."

Tutti i presenti gemono.

"Alla fine non ne ho neanche avuto bisogno!" protesta.

"Non importa. Te la farà pagare, quella telefonata," fa Nickel.

"Aspettate un attimo," intervengo io. Questa riunione mi ricorda i tempi in cui facevo l'assistente, quando alla

9

velocità della luce si bombardavano di domande e risposte. All'epoca li ascoltavo in silenzio, ma adesso ho voce in capitolo anch'io – e la farò sentire bene. "Rallentate. Dovete spiegarmi cosa sta succedendo. Innanzitutto... Manhattan ha un re?!"

"Sì. Thaddeus. Il vampiro."

"I vampiri esistono?!" Accanto a me Brick s'irrigidisce, un rombo basso gli tuona nel petto. Il lupo è turbato. "Ignoratelo. Certo che esistono."

"I vampiri sono territoriali. Passano più tempo ad ammazzarsi a vicenda che altro. I più potenti s'impossessano di zone da governare, e uccidono qualunque vampiro vi metta piede," spiega Nickel.

"'Fanculo alle sanguisughe e alla loro politica," brontola Brick.

*Sanguisughe.* Ah, chiaro...

"Thaddeus si prese Manhattan secoli fa," dice Eagle. "Più o meno all'epoca in cui i nostri avi stavano arrivando sulle navi. E per tutto questo tempo ha conservato il territorio contro i rivali. È una delle sanguisughe in vita più potenti. Me ne vengono in mente solo un paio di più vecchie e forti di lui."

"All'ovest c'è Lucius," mormora Nickel. "Possiede più territorio. Las Vegas, quasi tutta la California..."

"Adesso si è stabilito in Arizona. Però la California è sua, sì," fa Eagle.

"Magari possiamo chiamare lui e chiedergli se vuole anche New York," butta lì Jake. "Metterli uno contro l'altro."

"E ritrovarci così in debito con un'altra sanguisuga? Anche no, grazie. Cos'ha detto allora Thaddeus?" domanda Brick. Mi consola passandomi una mano su per la schiena. Ma non sono io ad aver bisogno di conforto – è lui. E non so perché. Come mai i vampiri lo turbano tanto?

"Vi ha invitati a un'udienza ufficiale," fa Billy.

"Non porterò mai la mia compagna in quel club!" ringhia.

"Ehm... perché? Vuole solo che gli facciamo visita?" dico. "Non mi sembra chissà che pretesa." Sì, sembra roba rigida e formale uscita dritta dall'epoca della Reggenza inglese, ma d'altronde questo qui si considera un re, perciò...

"No," fa a denti stretti Brick. "Mai." Gli luccicano gli occhi, così come a tutti gli altri. I lupi sono vicini alla superficie. Il cuore mi accelera mentre il corpo reagisce a una stanza piena di predatori. Mi costringo a fare un respiro profondo. Voglio mantenere la calma.

"Forse possiamo ucciderlo," borbotta Vance.

"No. Ci serve," dice Eagle – e nella sala esplodono le discussioni.

"Perché?" chiedo.

"Meglio un male noto a uno ignoto."

"Sono tutti pazzi. Almeno la pazzia di Thaddeus la comprendiamo."

"Dobbiamo rimanere in buoni rapporti."

Brick resta zitto, scocca occhiatacce al nulla. È lontano, in un luogo che non capisco.

Che non mi piace. Dovremmo fare squadra.

Bah. Ne ho abbastanza.

"Ehi!" urlo sulla cacofonia di voci. "Fischietto." Non mi serve neanche estrarre l'arma dalla tasca. Con una smorfia, chiudono tutti la bocca. "Spiegatemi qual è il problema. Perché non possiamo andar lì e basta?"

"A parte il fatto che noi non ci prostriamo davanti alle sanguisughe nemmeno se re, dici?" fa Billy.

"Possiamo trasformare la visita in un incontro fra amici.

Basta evitare d'invitarlo fuori a cena," scherzo. Ma non ride nessuno.

"Non è così semplice," fa Nickel. "Thaddeus è eccentr..."

"Tutti i vampiri sono eccentrici," lo interrompe Vance.

"È eccentrico persino per un vampiro," si corregge allora. "Più potenti sono... più diventano strambi."

Qui c'è qualcosa che non mi dicono. Se mai vorrò sviare una discussione, in futuro mi giocherò la carta vampiri. Sono nel caos.

Mi volto verso Brick. "Dimmi."

"Ha un club," fa.

"Tipo un night?"

"No," dice Billy. "Si chiama *Twilight*."

"Dimmi che è una battuta..." Ma sono tutti cupi in viso. "Come i libri?"

"Quali libri?" Mi guardano tutti vitrei.

"Dovete assolutamente studiarvi un po' di sana cultura popolare." Sospiro. "Andiamo avanti. Quindi ci presentiamo lì e conosciamo questo re, e fine. Qual è il problema?"

"Non vuole solo conoscervi," dice Nickel. "Non s'intende quello con 'udienza'. Vuole che..." – si schiarisce la voce – "*intratteniate* tutto il locale."

"Tipo al karaoke?" chiedo impassibile.

A Vance e Jake scappa da ridere, ma Brick è più serio che mai. "No. Non è un semplice night. È il regno del sadomasochismo. Il re vuole che recitiamo una scena in pubblico."

\* \* \*

*Brick*

"Ancora non capisco." Siamo soli nell'attico, ed è raggomitolata sul divano. "Questo vampiro dice che gli devi un favore, anche se poi non è vero, e perciò dobbiamo andare al sex club e... recitare una specie di farsa sadomaso?"

"È una mossa di potere. Ci fa ballare per lui." Cammino davanti alle finestre. Il lupo è troppo nervoso per rilassarsi. "Non mi piace."

Madi raccoglie la stilo e la preme sul tablet, come prendendo appunti. "E cosa ci vuole per ammazzare un vampiro?"

"Non tentarmi." Però il lupo si sovraccarica d'entusiasmo. Gli farebbe estremo piacere dare la caccia a Thaddeus e fargliela pagare anche solo per aver tentato di giocare con me e la mia compagna. "Hanno ragione Nickel e Eagle. Per quanto fastidioso sia Thaddeus, il suo sostituto sarebbe una sofferenza identica. Un altro vampiro potente potrebbe essere ancor più ostile ai lupi. O peggio: magari ne vengono a frotte e si mettono a combattere per il territorio! Thaddeus è piuttosto forte. Dubito ne esista un altro in grado di tenersi Manhattan. Spaccherebbero la città in feudi più piccoli e territori per il pasteggio."

"Pasteggio... di umani?"

"Sì. E un gruppo vampiresco più grosso che caccia umani senza re a imporgli regole ferree... porterebbe a un pasteggio isterico.

"Accadde a Londra, sul finire dell'Ottocento. Era il caos totale, finché un re non prese il potere e non costrinse i sudditi a dare una ripulita generale. E intendo cancellare la memoria alla gente. Comunque le morti inspiegabili rimasero così tante che dovette lasciar trapelare ai giornali storielle che facessero pensare agli esseri umani ci fosse in circolazione un serial killer."

"Oddio." Molla la stilo, ma forse senza neanche accorgersene. "Stai dicendo che alcuni serial killer in realtà sono vampiri?"

"Sì." Vado al divano e mi accovaccio per raccoglier- gliela. Gesto che porta le nostre teste allo stesso livello, perciò me ne resto lì, a incombere nel suo spazio.

"Ok. Non sarebbe il massimo." Si mordicchia il labbro e per un attimo mi distraggo – immagino di fare lo stesso. "Quindi con questo Thaddeus è meglio darsi alla diploma- zia. Tranquillizzarlo."

Ha ragione. Ma non mi deve piacere per forza.

"C'è un intero altro mondo... di cui gli umani non sanno niente." Arriccia il naso. Non odora di paura. Solo di curio- sità. Certo, è brava a esaminare le sfumature... "Cosa impli- cherebbe questa scena per il re vampiri?"

Mi rimbomba un ringhio in petto. Non mi va di parlare delle sanguisughe e dei loro sex club. "Starebbe a noi deci- derlo. Ma sarebbe meglio non sbagliare. Più intratteniamo, più è contento. Altrimenti non accetterà il saldo del debito."

"E poi?"

"Potrebbe chiedere dell'altro. Di berti, per esempio."

Rabbrividisce e mi alzo, come per allontanare un mostro in agguato nell'ombra.

"Non glielo permetterò mai. Prima lo farei bere da me."

"E io non glielo permetterò." Mi tira giù, a sedere, poi mi butta le braccia al collo. "Nessuno ti morde tranne me. Nel morso c'è anche un elemento sessuale, eh?"

Annuisco. Tutto ciò che riguarda i vampiri mi fa venire da vomitare.

Mi fa danzare le dita sulla barba, mi sfiora le labbra. Di solito gliele schiaffeggio via, per gioco, ma sono ancora preoccupato.

"Che c'è?" mormora.

"Ti ho messa in pericolo. Ancora."

"È stata una mia scelta. Ho scelto te. E noi due possiamo fare tutto, ricordi? Possiamo sconfiggere qualsiasi cosa. Basta che stiamo insieme." Mi passa la mano fra i capelli, io le schiaccio la testa contro al palmo. Mai avrei pensato di apprezzare le coccole... che infatti mi piacciono solo se me le fa lei. "Non saprò nulla di politica paranormale, però so cavarmela fra voialtri e i vostri enormi ego. E fra altre enormità..." Mi spara un sorrisino malizioso.

Adesso si comincia a ragionare. Apre le gambe, e mi arriva una zaffata del suo odore. Mi sta facendo uscire dal seminato – e vi sono ben disponibile! – ma lei continua nell'analisi. "Ha chiamato il club *Twilight*. Come i film. Scommetto che è un indizio."

"Mai cercare di comprendere un vampiro."

"Un salto in un sex club potrebbe essere divertente. Tanto... ci diamo già continuamente alle perversioni." Alza la gamba per strusciarla contro alla mia. "Io e Aubrey una volta abbiamo stilato una lista di perversioni da provare. Devo ancora averla da qualche parte..."

"Niente male..." Abbasso la testa per sfregargliela sui seni, ma mi ferma.

"Un'altra cosa: potrebbe non essere un'idea malvagia assumere un consulente d'immagine. I vampiri ne hanno di decisamente migliori dei vostri. Te la butto lì."

"Sanguisughe di merda," brontolo. Con una risata, mi tira a sé per un bacio.

# Capitolo tre

**M**adi

Le mattine in ufficio sono uno dei miei momenti preferiti. Ho ancora addosso il brivido di far parte di una grossa azienda... solo che adesso ne sono il capo.

Tra imparare ad amministrare l'impero della nonna e imparare a ricoprire il ruolo di Luna del branco, ho sempre un sacco da fare – giorno e notte.

Ho scritto a Aubrey di vederci stasera, ma ha detto che è immersa nello studio. Mi sa che è vero... ma sono rimasta comunque delusa.

Prima, quand'eravamo impegnate, almeno ci vedevamo in casa, anche se al volo. Ora, semplicemente, mi manca. Non che possa dirle cosa succede davvero nella mia vita – che tra l'altro si fa sempre più strana. Mi sto facendo un dottorato in scienze politiche da branco con specializzazione in cultura paranormale.

E poi c'è il nuovo corso intensivo sui vampiri. Ah, vorrei tanto chiamarla e spiattellarle tutto, sentire il suo punto vista! Dire tutto a un'umana sarebbe un tradimento che metterebbe in pericolo il mio compagno e chiunque faccia parte della sua vita... ma la tentazione non mi molla.

"Toc, toc," giunge un'allegra cantilena. Mi veleggia in ufficio Ruby, stupenda con un completo con blazer rosso. Chiudo il portatile sulla scrivania e faccio sporgere la testa per mimarle un bacino.

Adattarsi al mondo di Brick è una bella sfida, ma ho un'arma segreta. La mia futura cognatina ha una conoscenza arguta della vita mutante... e poi è irriverente. Sua madre Catherine è un'ottima consigliera, ma dato che Ruby è più intima col fratello e più vicina alla mia età, è diventata lei la mia confidente.

Aubrey mi manca lo stesso, però.

"Fame?" chiedo. "Credo che Emerson ci abbia preso insalate con carne. La tua con carne extra."

"Ottimo." Si fa accompagnare nella sala riunioni dove ci aspetta il pranzo. "Adoro pranzare sempre con te. Adesso che studia, mi manca stare con Scarlett."

Vengo percorsa da un brivido. "Ho sempre voluto una sorella..."

"Attenta a quel che desideri." Impila le bistecche sulla baguette d'accompagnamento all'insalata per farsi un panino gigantesco. "Una volta annientato un confine, tornare indietro è difficile. Io e Scarlett abbiamo lo stesso numero di scarpe, e se conto le volte che mi sono messa a rovistare nell'armadio in cerca di un paio di Manolo Blahnik solo per scoprire che se le era messe lei... perciò io le restituisco pan per focaccia!"

"Mi starebbe anche bene! Ormai ho tanti di quei vestiti che non so che farmene."

"E puoi averne ancora," dice con la bocca piena e portandosi la mano davanti alla faccia. Scaccio tanta preoccupazione con uno sventolio della mano – che mangi tranquilla. I mutanti hanno un appetito mica da poco. I lupi gli mandano su di giri il metabolismo.

Aspetto che si sia spazzolata tutto per poi domandarle: "Cosa mi sai dire sui vampiri?"

Ride. "Si tratta di Thaddeus, eh?"

"Sì." Mi alzo per controllare che la porta sia chiusa a chiave. "Thaddeus, re vampiro di Manhattan..."

"Che pomposo." Leva gli occhi al cielo. "Quella la mangi?" Indica la mia baguette, che quindi le passo.

"Affronti l'argomento vampiri con molta più serenità di tutti gli altri, mi pare."

"Thaddeus affascina molto più le lupe che i lupi."

"Lo... lo conosci?!"

"Sai tenere un segreto?" fa sussurrando scherzosamente. "Una volta, prima di accoppiarmi, mi sono infiltrata al *Twilight*."

"Quindi sei stata nel locale..."

"È il tipo di cose che noi mutanti ci sfidiamo a fare, come gli adolescenti che si piazzano sulle rotaie all'arrivo del treno. Una stupidata. Ma elettrizzante."

"E com'è?"

"Buio. Un sacco di velluto rosso e cuoio nero. Gabbie in sospensione per le ballerine. Stanze private sul retro per... i giochi."

"C'è una cosa che non capisco. Cosa se ne fa un vampiro di un sex club?"

"È roba loro. A quel che mi hanno detto bere sangue è incredibilmente erotico. Soprattutto per la vittima." Alza e abbassa le sopracciglia. "E ad alcuni vampiri piace giocare coi partner sottomessi... in particolar modo coi masochisti. Si dice che il dolore scateni le endorfine e addolcisca il sangue."

Strizzo gli occhi. "Per via dei neurotrasmettitori?"

"Esatto."

Comincio a capire perché è tanto complicato avere a che fare coi vampiri. Aleggia un'aria di mistero, un'allure letale. "Ti sei mai... fatta mordere?"

"No!" Arriccia il naso, e prendo un appunto mentale: corteggiare il pericolo è divertente, ma l'effettivo scambio di potere neanche un po'. "Ah, abbiamo civettato per una sera. Ha capito subito chi ero, ma si è comportato da perfetto gentiluomo. Mi ha offerto il posto d'onore e ha dato spettacolo lui stesso."

"E cos'ha fatto?"

"Ha frustato una sottomessa fino a farle raggiungere l'orgasmo. Mentre un'altra glielo succhiava."

Lo dice con tanta serenità che mi va di traverso l'acqua frizzante.

"È stato sexy." Apre il dolce: brownie al cioccolato fondente con noci di macadamia – e se lo divora in un sol boccone.

Gliene passo un secondo. Ho chiesto all'assistente di ordinarne in più. "Be', pare che io e Brick dovremo esibirci."

Si spolvera via le briciole dalle dita con aria più seria. "Ho saputo. Magari ve la cavate con poco. Basta che fate scena."

"Scena."

"Non voglio conoscere i dettagli," fa sventolando la mano. "Mi farebbe piacere chiacchierare dei nostri momenti bollenti... non c'entrasse mio fratello."

"Ovvio." Sorrido per nascondere la fitta della voglia. Potrei parlare con Aubrey della mia vita sessuale. Un tempo era praticamente obbligatorio. Ma non posso adesso che c'entrano i vampiri e il destino stesso della città!

"Senti qua," dice Ruby. "I vampiri vivono per le cerimonie. Per i fasti in pompa magna. Sono tanto decrepiti e potenti che hanno già visto tutto. Si annoiano. Bramano novità."

"Ricevuto." Già le rotelle del mio cervello fumano alla ricerca della soluzione all'enigma. "Molto utile. Grazie."

"Sono sicura che andrà benissimo. Dovesse poi mettersi male, Brick gli staccherà la testa dal collo, tranquilla."

"Gradiremmo evitarlo," commento secca.

Fa spallucce, impassibile alle minacce di violenze e guerre fra mutanti e vampiri. Una vera lupa: prima decapita, poi chiedi. "L'organizzazione della cerimonia sarà allora come bere un bicchier d'acqua... a proposito!" Rovista in borsa, a caccia di una cartelletta. "Ti ho portato la lista degli invitati alla cerimonia d'accoppiamento... ehm, alla *festa di fidanzamento*. Nelle Berkshire."

Pare che spesso nel mondo mutante le famiglie di livello tengano questo tipo di evento. Catherine chiama la nostra 'festa di fidanzamento', come alludendo alla tradizione umana, ma finora a me non sembra somigli molto alle nostre feste...

Rivedo la lista. Conta tutti capi d'alto rango di famiglie mutanti, più che altro del branco. C'è qualche altro mutante, come Darius Medevev, un orso amico di Brick.

Manca qualche nome però, ovviamente.

"E i miei parenti?"

Esita. "Pensavo fosse solo per mutanti. Alcune tradizioni sarebbero insensate per voi..."

"Anche voi siete pomposi, eh!" Le riporgo la cartelletta. "Voglio anche i miei parenti. E degli amici."

"Ma..."

"Entro nel branco come umana. E il branco dovrà imparare a comportarsi bene in presenza degli umani, ogni tanto. Prendetelo come un allenamento per il matrimonio."

"Capito, Luna." China la testa con un sorrisone.

Bussano alla porta, e l'assistente dice: "Una consegna per lei, signorina Evans."

Salto su per aprire. "Grazie, Emerson."

"È arrivato l'appuntamento dell'una." Mi porge una bellissima scatola nera con fiocco rosso.

"Arrivo subito."

Mi rigiro verso Ruby, che si è mangiata tutto. Adocchia la scatola. "Sembra giungere dritta dritta dalle manine di Brick..."

La guardo. "Non c'è scritto niente." Sbroglio il nastro, e si alza anche Ruby.

"La sai una cosa? Meglio che vada. Non voglio vedere cosa ti spedisce mio fratello."

Sorrido. "Sicura? Devo ancora raccontarti cosa stiamo organizzando per l'esibizione..."

"No!" Esce coprendosi le orecchie e cantilenando: "Lalala..."

Con una risata, torno al pacco. Sembra meglio anche a me aprirlo in privato. Pesa, e ha un odore paradisiaco. Come di profumo costoso, fresco eppur floreale.

Annidato nella carta velina giace un intimo di pizzo – reggiseno e reggicalze. Calze. Niente mutandine.

L'appuntamento dell'una aspetta, ma mi rubo un momentino per scrivere a Brick. "È un modo per dirmi che dobbiamo allenarci per l'esibizione?"

La risposta è istantanea. Mi sa che si aspettava il messaggio. "Stasera. Ho una riunione coi dirigenti, ma sarò a casa entro le otto. Aspettami in camera. Nuda, tranne tacchi alti e il regalo."

Serro forte le cosce. Mi va in agitazione lo stomaco, come fossi sulle montagne russe, al momento dell'improvvisa caduta dopo una lunga e lenta ascesa.

Rispondo: "Sissignore."

*Si comincia...*

\* \* \*

*Brick*

Questa giornata non finirà mai.

Sully scivola in ufficio proprio mentre sto sistemando le ultime cose. "Il re vampiro ha mandato una comunicazione."

"Una comunicazione?"

Sventola una busta incisa. Puzza fin da laggiù di vampiro – di metallo freddo. "La data è decisa."

Digrigno i denti. Quant'adorano giocare questi qui...

Un alfa potente come me non dovrebbe far da giochino a un vampiro – soprattutto in pubblico. Ma Thaddeus è un alleato importante. Portar sul suo palco la compagna appena reclamata è un'antica tradizione newyorchese, fra i paranormali. Negarglielo dopo avergli chiesto un favore mi farebbe fare brutta figura.

Se però non avessi sentito odor d'eccitazione provenire da Madison quando ha saputo della pretesa della sanguisuga, gliel'avrei negato eccome – al diavolo le conseguenze! Madi però si è accesa. Non è mai stata in un club sadomaso. Non si è mai data a riti sessuali e formali di quel tipo.

Sospetto fortemente che l'atmosfera da noi infiammata ne soddisferà parecchie fantasie di dominazione. Probabilmente molte anche che neanche sa di avere. So bene che la mia autorevolezza la fa gocciolare.

E la mia compagna ottiene tutto ciò che vuole.

L'idea di sfoggiarla in quel mondo – di guidarla nella bravata – mi eccita. Un po' non vedo l'ora di farle da dominatore... un po' però temo di perdere il controllo del lupo, di squarciare i maschi presenti che la guardino.

Ma sarà sempre sotto il mio controllo. Non la toccherà nessun altro. E potrei pure bendarla, non volessi che guardasse altri. Mmm. La consolazione vera per il lupo sarebbe metterle collare e guinzaglio.

Quando riesco a uscire, ignoro l'ascensore per prendere le scale. Faccio due gradini alla volta. Odio il re vampiro per aver preteso certe cosucce, ma stanotte... stanotte è tutta nostra. Tutta sensazioni, tutta incentrata sul legame che ci unisce.

Il suo odore mi stuzzica nell'istante in cui metto piede nell'androne. L'uccello mi tira la cerniera mentre lo seguo, mentre le do la caccia come fosse la mia preda. Giro la chiave nella serratura ed entro. La trovo in camera. Ha eseguito gli ordini – non mi stupisce. La mia compagna fa sempre la cosa giusta.

È nell'ombra, sull'attenti, a gambe divaricate e con le mani sulla testa.

Perfetta.

"Brava," dico, tutto fusa.

"Brava? Davvero?" Parla con voce torrida.

* * *

*Madi*

Furtivo, si addentra nella stanza. "Eccome."

Ho i polpacci tesi dall'attesa. Sono abituata a scomodi tacchi, ma sono immobile da minuti – come fanno le modelle?!

Adesso però che c'è lui, è valsa la pena aspettare. La sua presenza colma lo spazio del suo profumo boschivo, e di altro ancora – della sua dominazione. Avvolge tutto, mi copre i sensi. I muscoli rigidi di schiena e collo si rilassano. Dopo una lunga giornata in ufficio passata a dare ordini, è bello sia qualcun altro a prendere il controllo. Finalmente posso spegnere il cervello e farmi assorbire da lui.

Mentre mi cammina intorno, percepisco che mi esamina. Tengo lo sguardo a livello del suo, la testa dritta.

"Stanotte sarà un test. La prova della scena."

Il cuore mi batte a tempo coi suoi passi.

"Ubbidirai a ogni mio comando. Subito e senza questioni."

*Sì!*

"Al *Twilight* avremo tutti i riflettori addosso. Vorranno veder prova del mio dominio."

"Capito," dico trafelata.

Mi tira indietro il capo prendendomi i capelli nel pugno. "Temo che tu non abbia capito niente, invece. Ci guarderanno tutti."

La perfezionista che c'è in me ne è elettrizzata. Io prospero sotto pressione, e un po' sono anche esibizionista. Potrò dare il meglio, e tutti sapranno che sono perfetta.

"Vorranno sapere chi comanda. E tu sai chi, vero?"

"Signorsì."

Si ferma e il suo calore mi avviluppa tutta, inducendomi a trattenere il fiato. "Di chi sei, Madi?"

"Tua, signore." Ho la voce strozzata dall'eccitazione. Rischio di svenire.

"In ginocchio." Butta un cuscino a terra, per me, e mi porge la mano per aiutarmi ad assumere la posizione. Che sollievo eliminare i tacchi... e poi il cuscino mi ammorbidisce il pavimento. Si slaccia la cintura con gran teatralità, la fa scivolare fuori dagli occhielli. La piega a metà e si sbatte il cuoio sul palmo della mano con un bello schiaffone.

Salto appena. Adesso tremo, d'un misto di eccitazione e una punta di nervosismo.

"Tiramelo fuori," ordina.

Gli sbottono di corsa i pantaloni costosi e abbasso la cerniera. Ce l'ha duro, intrappolato nel tessuto dei boxer; salta fuori quando glieli abbasso a sufficienza.

Faccio per agguantargli l'erezione, però mi fermo in attesa di ordini. Lo guardo negli occhi. "Posso?"

"Prendilo, Madi; afferralo bene, stringilo alla base. Ecco, così..." mormora d'approvazione quando ci stringo il pugno intorno. "Portatelo alla bocca."

Al mio lato compiacente piacciono le istruzioni specifiche. Non v'è da chiedersi se agirò come gli piace o meno. Lui mi dice cosa fare e io lo faccio.

Schiudo le labbra e mi sporgo in avanti con la schiena lunga e dritta, le dita dei piedi piegate sotto al sedere per salire all'altezza giusta. Comincio lentamente, lecco tutta la cappella con minuscoli colpetti di piuma della lingua.

Si fa ancor più duro – come l'acciaio. "Spalanca le cosce, così sento meglio l'odore dolce della tua eccitazione." Ha la voce gutturale. Ruvida.

Le apro, conscia di ciò che devo mostrare. Non ho mai abitato pienamente il mio corpo – non mi sono mai sentita un tipo agile o flessuoso, né atletico né grazioso. Adesso però questo corpo è onnipotente. Persino eccezionale.

È Brick a farmi sentire così.

E il bisogno che ho di compiacerlo non è mai stato più forte.

Gli prendo la cappella in bocca e lì la tengo, alzando e abbassando il pugno su tutta la lunghezza.

Geme.

Poi muovo la testa a ritmo con la mano, seguendola giù per prenderlo in profondità e tornando su quando la mano si solleva. Comincio a trovare il ritmo, però Brick m'interrompe con un brusco: "Basta!"

Mi ritiro immediatamente per levare gli occhi su di lui.

Per un attimo penso d'aver sbagliato qualcosa, poi però mi accorgo d'aver fatto tutto bene. Era già al limite, e non vuole ancora venire.

"Stenditi prona sul letto a gambe e braccia divaricate."

Mi affretto a ubbidire. Sono già bagnata, dopo averglielo succhiato. Qualsiasi cosa mi vorrà fare, già mi eccita da morire!

Lo sento camminare alle mie spalle. "Solleva i fianchi," ordina, e c'infila sotto un cuscino. Adesso sono a culo all'aria, in quella che dev'essere la posizione perfetta per le sculacciate.

Ma non mi tocca. Con gran calma, mi lega i polsi e poi le caviglie ai montanti con ampie strisce di raso rosso.

Anche se sono a faccia in giù sul materasso, quindi non vedo un tubo, mi benda gli occhi. Così mi è più facile immergermi nel momento. Ascoltare Brick – non solo con le orecchie, ma con ogni terminazione nervosa. Con le cellule. Col mio essere.

Rabbrividisco quando qualcosa d'infinitamente morbido mi scivola giù per la schiena. Soffici fili di camoscio, forse. Un frustino?

Lo fa oscillare leggermente, mi sfiora grazioso il sedere con le code.

Sì. È un frustino.

Comincia lentamente: mi scalda il fondoschiena con un movimento a otto dell'arnese. Non mi fa alcun male.

È solo meraviglia...

Alzo il sedere – ne voglio ancora. Aumenta l'intensità, e comincio a registrare ben più di mero calore. Adesso brucia un po'. Ma resta una meraviglia.

Poi mi frusta proprio sulla metà inferiore del sedere, più forte.

Trasalisco, mi si arricciano le dita dei piedi, mi si serrano le natiche.

"Ah-Ah." Mi tamburella sul sedere. "Pensi di poter chiudere il culetto e impedirmi l'accesso?"

Me lo apre in due, e sento un bel gocciolone di lubrificante freddo sul buco. "Di chi è?" domanda infilandoci dentro un dito per aprire un pochetto col massaggio lo stretto anello di muscoli. "Eh?"

"Tuo, signore."

Aggiunge un altro dito. Mi si serra la figa sul nulla. L'interno coscia si tende nel vano tentativo di chiudere le gambe.

Avere due dita dentro è sia erotico sia sbagliato. M'impegno per rilassarmi. Per sottomettermi al suo volere.

"Che peccato. Vorresti aver qualcosa anche nella figa, vero?"

"Sì!" strillo. Ha ragione. Tiro i polsi per liberarli e mettermi la mano fra le gambe.

"Adesso ti dico una cosa. Vediamo come prendi il butt plug anale e il frustino. Se fai la brava t'infilo un aggeggio anche lì... alla massima velocità."

"Aaah-ah," un po' grido un po' gemo. Già mi scopa il cervello solo dicendomi cosa mi aspetta! Solo immaginarlo mi fa singhiozzare dalla voglia di scoppiare. "Ti prego, Brick..." farfuglio.

Estrae le dita per sostituirle con altro lubrificante, poi con l'estremità bulbosa e fredda del plug d'acciaio inossidabile. M'irrigidisco tutta.

Mi agguanta il culo con una mano e gli dà uno scossone. "Rilassati, tesoro. Mostrami che sai fare la brava."

Ma certo: devo dimostrarmi degna.

Mi rilasso, e Brick me lo spinge dentro, violandomi il

buchetto, allargandomelo più di quanto credessi possibile. Brucia un po', mi sfugge un lamento.

"Spingiti indietro," m'istruisce.

Spingo coi muscoli contro al plug, quindi mi apro per prenderlo più a fondo. Un altro respiro e la parte larga entra tutta – si adagia all'altezza del collo dell'imbuto. Il sollievo è istantaneo.

Il piacere infinito.

Gemo.

"Adesso stringilo forte finché ti frusto, ragazzina."

"Non rispondo se mi chiami ragazzina," riesco – chissà come! – a ricordarmi di dirgli.

"Ritieni di essere nella posizione di fare l'impertinente, al momento?" Schiaffa giù il frustino più forte di prima, e salto. Continua, facendomi ballonzolare il sedere in una continua cavalcata sul confine fra il troppo e il non ancora abbastanza.

Smette per pomparmi il plug dentro e fuori.

"*Ti scongiuro!*" gemo.

"Devi venire, assistente impertinente?"

"Sì!"

Lo pompa un'ultima volta, poi accende il piccolo motore di un vibratore. "Anche la fighetta ha bisogno di qualcosa da stringere?"

"Sì!" strillo.

Mi penetra allora col giocattolino, me lo spinge dentro finché l'accessorio per il clitoride non si trova sul punto giusto, quello sensibile.

Vengo immediatamente, senza alcun preavviso.

E mi sconvolge quanto! Mi piego tutta in due da quanto è forte, e con dentro il vibratore da una parte e il plug ad allargarmi l'ano, con le carni surriscaldate dal frustino e dai lunghi preliminari, dall'attesa e dal servizietto a Brick, non riesco più a fermarmi.

Sembra mi abbiano sparata fin al centro fuso della terra per poi ricatapultarmi fuori da un vulcano!

E sto ancora venendo quando Brick estrae il vibratore. "Ho detto che potevi venire, signorina?"

Sono incapace di produrre altro suono che: "Aaaah uuuuh..."

"Ti avevo dato il permesso di venire senza di me?"

Ansimo. Ora che l'orgasmo finalmente è finito, sono floscia come una bambola di pezza. Alzo la testa e m'inumidisco le labbra con la lingua. "No... signore."

Sento un frusciar di vestiti. Si sta spogliando.

"No, infatti. Perciò stasera ti scopo nel culo, piccola. E senza vibratore nella fighetta."

Mi toglie il plug.

So che stiamo solo giocando, ma ero così smarrita nell'iperspazio della sottomessa... e adesso mi parla con disapprovazione tale che comincio a crollare. "No," mi lagno. "Farò la brava."

Ma, a rassicurarmi, il caldo corpo di Brick mi sale sopra. "Lo so," mi tuona nell'orecchio. Mi copre il corpo col suo e m'infila una mano sotto ai fianchi per accarezzarmi il clitoride. I miei succhi gli rivestono le dita. Me le infila un paio di volte dentro. "Fai sempre la brava," mormora contento massaggiandomi il seno con l'altra mano. "Anche quando sei molto cattiva."

Sciocco, ma avevo proprio bisogno di sentirglielo dire. Avevo bisogno mi dicesse di non esser davvero deluso. Che non avevo sbagliato a venire senza di lui, prima che me l'ordinasse.

Mi slega i polsi, però mi lascia le gambe legate, divaricate, e si lubrifica l'uccello.

"Mettiti le dita fra le gambe e dimmi cosa senti." Parla con voce profonda, ruvida.

Ubbidisco mentre mi spalanca le natiche.

"Sono... bagnatissima."

Mi spinge la cappella contro all'ano. "Ah-ah. E poi?" Spinge, mi scivola dentro facilmente ormai che mi ha aperta col plug.

"Aaah-uh," gemo. "Viscida."

Mi nutre del suo cazzo, un grosso centimetro alla volta.

Devo impegnarmi per respirare, per rilassarmi. "E gonfia. Sono gonfissima qua sotto."

"E strettissima qua dietro." Comincia a muoversi in me, attento a far piano. Capisco che si trattiene perché di solito è molto più brusco, di solito mi fustiga coi fianchi penetrandomi sempre di più, sempre più a fondo.

Una volta che mi sono abituata, comincia a essere una meraviglia. M'infilo tre dita nella figa, poi quattro. Non ero mai stata così bagnata, così accogliente...

Brick mi scopa dietro e io mi scopo con le dita. Che intensità!

"Posso? P-Posso?" lo imploro.

"Aspetta." Ha il fiatone. Deve mancargli poco. Si allunga sotto ai miei fianchi per intrecciare le dita alle mie ed entrarmi dentro. "Adesso, Madi."

Veniamo. Brick pompa un altro paio di volte e mi scarica tutto nel culo. Io vengo attorno alle tante nostre dita intrecciate.

Nell'euforia che segue, trovo incredibile che le notti e i giorni con Brick non facciano che migliorare.

# Capitolo quattro

*Madi*

Dopo aver 'provato' – con mio gran piacere – per tutta la settimana, giunge infine la sera dell'esibizione.

Il club *Twilight* si trova in un noioso stabile di mattoni grigi di Chelsea. L'autista, Tony, accosta sul marciapiede, ma Brick salta fuori prima che possa smontare per aprirci le portiere. Guarda su e giù per la via, enorme e inquietante col completo scuro. Gli do il tempo di annusare in cerca di predatori – intanto mi beo di quant'è stupendo.

La luna ne tinge i capelli d'argento. Gli occhi luccicano, ma quando batte le ciglia tornano normali, d'un azzurro umano.

Si ferma dietro la nostra una seconda macchina, da cui scendono Billy e Sully. Sbattono simultaneamente le portiere e vengono da noi a passo sincronizzato. Si sistemano pure le maniche in contemporanea. Trattengo un sorriso. Non è il momento di sottolineare che sembrano gesti coreografati. Sono troppo nervosi.

Parlottano sul marciapiede. Quasi li chiamerei – *non*

*state dimenticando qualcosa? Tipo... me?!* – ma mi mordo la lingua.

Stasera sono tesissimi, ovviamente. Tecnicamente siamo in territorio nemico. Ma dopo aver parlato con Ruby e tutte le prove, io sono più che altro curiosa.

Finalmente Brick viene a farmi scendere. È il gentiluomo perfetto, certo, ma il braccio è rigidissimo.

E manca poco alla luna piena. Che Thaddeus abbia scelto la data di proposito, sapendo che gli è più facile perdere il controllo?

A quel che ho capito sui vampiri, certe furbate sarebbero tipiche.

Ecco. Adesso sono nervosa anch'io.

Mentre saliamo le scale verso una banale porta, mi ripeto quel che abbiamo deciso io e Brick.

*"Restiamo sul semplice,"* ha deciso. Lui darà gli ordini, io mi comporterò da impeccabile sottomessa. Mi piegherà su una panca e mi sculaccerà sopra l'intimo.

Sotto al cappotto di cashmere porto un abito. Corto, bianco e dal facile accesso. Sembro una vergine sacrificale. E proprio questo è il punto.

Entriamo in un atrio dalle piastrelle bianche e nere, con tanto di lampadario. C'è un debole odore d'incenso e bassa musica classica proveniente da una cassa nascosta. Come a una festa in casa dell'alta società... non fosse per la ragazza che ci accoglie con un vestito da gattina nera in PVC e tacchi da diciotto centimetri. Ci prende i cappotti e ci spedisce giù per un lungo corridoio tutto specchi dalle cornici dorate. Termina a un paio di tendoni di velluto rosso. Brick mi si para davanti, come a bloccarmi. Fa un respiro profondo e scosta le tende. Oltre c'è un'enorme porta medievale di legno e ferro. Sembra spessa, ma vibra sui tonfi della musica che si suona dall'altra parte.

Si ferma per bussar forte tre volte.

"Ci siamo," mormora Billy.

Si apre, e veniamo assaliti dai bassi. Sono tanto forti che batto i denti. Posso solo immaginare quanto possa essere spaventoso per i mutanti, visto il super udito.

Prendo Brick a braccetto, e serenamente entriamo.

Al mio ingresso mi sento un'innocentina dagli occhioni sgranati. A una prima occhiata il locale pare un bar ristorante, un posto da concerti con tavoli e sedie, già gremito di gente con cocktail o bottiglie di vino. Cameriere in costumi bianchi da pirati con torsolette nere serpeggiano coi vassoi.

Al nostro passaggio ci sorride un uomo dall'aria garbata in smoking bianco; la luce azzurra gli si riflette sui canini allungati.

*Vampiro.*

Batto le palpebre e cerco di non pensare a cos'abbia davvero in quel bicchiere rosso.

Oltre alle sedute normali ci sono ingombranti ombre di mobili strani. Panche da sculacciate, qualche croce di Sant'Andrea ed elaborate gabbie di legno luccicante e cuoio rosso o nero. Alcove celate da tendaggi costeggiano le stanze – luoghi in cui sgattaiolare col partner per un momento d'intimità. Le tende però sono per lo più discoste, a svelare le profondità delle sale dei giochi.

Qualche posticino è occupato, e avrei voglia d'allungare il collo per vedere cosa vi combinano coppiette e terzetti... ma non vorrei rimanere a bocca spalancata. Già così ho l'impressione di recitare con Brick la parte degli ignari sposini del *Rocky Horror Picture Show*.

Ci fiancheggiano Billy e Sully. Mi ero opposta alla loro presenza, ma m'è stato detto che era importante ci fossero dei lupi, come dimostrazione di potere. Ho cercato allora di convincerli a venire con una clava, ma non l'hanno capita.

L'ordine ferreo è di andarsene all'inizio dello spettacolo. Lo odiano, certo, ma non volevo mica esibirmi davanti a loro! Brick comunque ha acconsentito.

Al centro del locale, la pista è piena di festaioli che si dimenano sotto alle luci al neon. Ballano attorno a un palco rialzato di tre metri per tre delimitato da una corda rossa. Non ci sono gabbie sospese, a quel che vedo, ed è vuoto. Per adesso.

Fino alla nostra esibizione.

Sopra di esso, il soffitto si apre sul primo piano, che consiste in un corridoio attorno a un open space costeggiato da porte uniformemente distanziate. C'è un parapetto, cui si appoggia la gente per guardar giù. Oppure si entra in una stanza – come in hotel – per darsi a gioie private.

Sul fondo del locale c'è un enorme trono dorato posto su una piattaforma più alta del palco. Attorno vi gozzoviglia una massa di gente, fra cui qualcuno si mescola con chi balla. Sul trono poltrisce un alto uomo di bella costituzione dalla pelle appena abbronzata. I riflettori, fissi su di lui, gli danno ai capelli un bagliore bianco oro.

Dev'essere Thaddeus il vampiro, l'autoproclamatosi re di Manhattan.

Quando ci avviciniamo si raddrizza, posa lo sguardo oltre il pubblico tutto vestito di pelle e alza una mano. Schiocca le dita. I tonfi della musica si abbassano. La maggior parte dei ballerini libera la pista e prende posto a sedere, e la calca si apre per farci andare al trono. È evidente che Thaddeus e il suo giro ci stavano aspettando.

Ci fa segno di avanzare.

Brick rimbomba in petto – il lupo si sente convocato, e non gli piace.

Thaddeus fa una smorfia con le labbra, e solleva la mano, sì... ma per un saluto neutrale.

Entriamo nella bianca piscina dei riflettori, d'un calore ustionante. Abbiamo più luci addosso noi del palco, e mi accorgo che Thaddeus è il più grande esibizionista di tutto il locale.

Brick sale sulla pedana del trono, portandomi con sé. Così in piedi mi ritrovo a livello dello sguardo del vampiro, invece seduto.

"Alfa e Luna Blackthroat, benvenuti." Ha una voce adorabile, profonda e melodiosa. C'è un tocco di britannico sofisticato, ma l'accento pare forzato. Da vicino è chiaro che non è truccato. Ha la pelle davvero lisciscima, le ciglia davvero scurissime. Sospetto quindi che il biondo platino dei capelli sia naturale, non tinto.

"Thaddeus." Brick chiarisce subito che non è dell'umore di giochini. Sovrasta l'uomo spaparanzato... cui però pare importar poco. "Abbiamo ricevuto l'invito."

"Sono onorato che siate venuti." Parla sincero, ma io so che è una recita. L'esibizione è già cominciata.

Ma in fondo la vita non è tutta qui, sia negli affari che nella politica? Nessuno di noi è realmente sé stesso in ufficio, e nemmeno dietro a un podio. Ogni barlume d'autenticità è accuratamente studiato. Mai avrei pensato che tutte le pose imparate sul lavoro mi avrebbero preparata all'incontro con un vampiro, eppure...

"Morivo dalla voglia di conoscere la vostra nuova Luna." Si volta verso di me.

Faccio attenzione a non incrociarne lo sguardo – strano ma necessario, dato il potere dei vampiri. Credo gli basti la voce per ammaliare la gente, ma per sicurezza fisso gli occhi sulla sua fronte priva di rughe, sul bianco biondo del picco della vedova.

"Salve," dico. Mi sento la sua attenzione addosso. Mi lusinga mi fissi con tanta intensità. Vengo percorsa da una scarica di adrenalina, alla quale mi ribello. Non posso soccombere alla sua allure.

E poi mi sono già trovata in presenza di uomini potenti. Non sono una che si spaventa facilmente io... ma non sono neanche una che sottovaluta gli altri.

"Ah, Blackthroat..." Thaddeus fa fin le fusa. "È squisita."

Brick s'immobilizza – il lupo si sta preparando alla violenza.

"Sono qui, eh." Levo gli occhi al cielo. "Se vuole farmi un complimento, parli direttamente a me. A meno che non miri solo a infastidire il mio fidanzato."

Qualcuno fra i vestiti di pelle dietro al trono trasalisce, poi segue un silenzio teso. Al mio fianco Sully si muove appena, e capisco che si sta preparando a balzarmi davanti, nel caso in cui il vampiro dovesse saltarmi alla gola.

Thaddeus però scoppia in una risata roboante. E tanto forte da farsi sentire anche oltre i bassi sul fondo del locale! Ma chissà come resta vuota. "Mi avevano detto che hai una bella spina dorsale. Avrei dovuto sapere che una pecora non può correre coi lupi." Qualcuno dei suoi ridacchia con lui, e provo un lampo di commiserazione, oltre all'appagamento. Mille anni di vita e non ti resta altro che un fetish club e qualche elegantone? Niente branco. Niente amici. Nessuna compagna.

Poverino. Per forza si è fatto in quattro per vedere se riesce a farci ballare come marionette. Si annoia, ha detto Ruby. Non l'aspettano altro che nottate su nottate passate seduto su un trono finto.

Mi appoggio a Brick per trovar forza nel suo calore. Il modo in cui il vampiro segue ogni mio movimento mi ricorda che è un predatore di punta. "Brick sapeva che avevo bisogno di una serata fuori. Sono rimasta affascinata da questo posto, quando me ne ha parlato."

"Davvero?" Thaddeus sa che lo sto lusingando, e non può far altro che bearsene.

"Oh, certo..." Abbasso la voce in sussurro. "Non dovrei dirlo, ma lei ha una certa reputazione... fra le lupe."

Stavolta ride proprio di gusto. Lo divertiranno probabilmente di più le reazioni oltraggiate di Sully e Billy, ma sono riuscita a sorprenderlo.

Sul trono, si raddrizza "Sarebbe un gran piacere mostrarti ulteriormente le fascinazioni del mio umile locale, se me lo concedi." E mi porge la mano.

Brick mi tira a sé. "Nessuno la tocca tranne me."

Altro sbuffo. "Bah. Lupi," mi mormora. "Quanto sono territoriali..."

"La possessività è reciproca," lo informo, e poso la mano sul petto di Brick. Thaddeus inclina il capo. Ci siamo chiariti.

Nessuno al mondo fregherà me o il mio fidanzato, stasera. Altrimenti un lupo farà saltare teste.

"La mia fidanzata vuole sperimentare il locale al massimo," proclama Brick. "Stasera daremo spettacolo. Sul palco."

"Adorabile," fa Thaddeus, come per lui fosse una novità e non un suo programma. Per la sala corre un mormorio. Sento gli occhi di tutti su di noi.

"Le mie assistenti vi accompagneranno dietro le quinte, cosicché possiate prepararvi." Schiocca le dita e salgono sul predellino due vestite con identici body viola luccicante. "Presentate a loro le vostre esigenze. Verranno tutte soddisfatte."

Brick mi mette la mano sulle reni per guidarmi. Siamo a

metà strada per una discreta porticina dipinta in modo da confondersi col muro, quando Thaddeus ci chiama.

"Ah... Blackthroat?" Il re è in piedi. Le luci sono cambiate, sono più fredde, e adesso la sua figura getta una lunga ombra che termina ai piedi di Brick. "In bocca al lupo."

Mmm. Minaccia interessante.

# Capitolo cinque

Le famigerate quinte sono una stanza verde attrezzata con qualsiasi cosa possa servirci, fra cui una parete di pagaie, corde, manette e fruste dall'aria perversa – tutto ciò di cui abbia bisogno il dominatore per giocare con la compagna.

Poso la borsa sul tavolo a lato e lascio che l'assistente mi prenda il cappotto. Sotto porto una bianca sottoveste e ballerine color carne. Una mise dolce e virginale, che contrasterà adorabilmente col completo nero di Brick. Per un implicito scambio di potere – e poi così ci avviciniamo il più possibile a un'esibizione con maschio vestito e femmina nuda senza arrivarci davvero.

"Almeno due uscite extra, una per questo corridoio secondario. Una per le cucine," sta riferendo Sully a Brick.

"Io credo ancora che non dovreste." A braccia conserte sul petto, Billy si appoggia allo stipite della porta. "Non è il caso di capitolare ai piedi della sanguisuga."

"Ne abbiamo già parlato." Brick si slaccia la cravatta e se la infila in tasca. "Io e Madi daremo spettacolo secondo i

41

nostri termini, ma lo faremo. Prima finiamo, prima possiamo andarcene."

"Magari invece potremmo ammazzarne uno o due..." brontola ancora.

"E come finirebbe?" chiedo. "Con un combattimento all'ultimo sangue, tipo gladiatori? Dai, cerchiamo di uscirne senza farci male."

"Potremmo andarcene e basta," fa Sully. "Inventarci una scusa." Parla a bassa voce, appena al di sopra del ringhio. Odia la situazione quanto Billy, forse di più. È a capo della sicurezza, e come siamo messi? Con la coppia alfa priva di protezione in territorio ostile! Il suo peggior incubo.

"Faremo come deciso," dico. "Thaddeus ha organizzato la cosa per vedere cos'avremmo fatto. Sta rendendo evidente il suo potere – avrebbe potuto venirci a prendere e obbligarci. Noi gli dimostriamo che siamo disposti a collaborare, entro certi limiti. Siamo stabili, razionali e in grado di negoziare. E poi così sarà lui quello in debito. In caso di lotta di potere sarà più probabile che stia dalla nostra parte che con un altro branco."

"A meno che non ci tradisca," fa Sully. "E se registrasse tutto per poi minacciarci?"

"Non lo farà," risponde Brick. "Metterebbe a repentaglio la privacy dei suoi."

"E se mostrasse il video a un altro alfa? Tipo Aiden Adalwulf?" fa Billy.

"Allora vedranno che ho il controllo. E che sono innamorato." Brick è severo in volto, distante nello sguardo. "Andatevene, adesso. Abbiamo bisogno di restare un attimo da soli."

Spariscono senza un'altra parola.

"È colpa mia," comincia. "Non mi fossi ribellato tanto a

lungo al fato, non mi sarei mai ammalato di follia della luna. Thaddeus sa che ho quasi perso il controllo. Si comporta così per vedere se valgo abbastanza."

"Abbastanza da guidare il branco?" Sono pronta a ricordargli che si è già dimostrato un alfa degno e che è l'opinione dei lupi che conta, non quella di un vampiro! Ma scuote il capo.

"Per te." Solleva una manona, e sul finire delle dita tiene con aria assente una ciocca dei miei capelli. "Thaddeus brama tornare a sentire. Io sono una creatura paranormale come lui, ma sono anche follemente e pubblicamente innamorato."

Il bagliore feroce che ha negli occhi mi mozza il fiato.

"La luna piena..." dico. "Perderai il controllo?"

"No." Abbassa lo sguardo sul mio, e la pelle mi formicola nella zona del morso dell'accoppiamento. "Io e il lupo siamo d'accordo. Recitiamo la scena e ti teniamo in salvo."

"In realtà... io non vedo l'ora." Mi giro verso di lui e gli poso entrambe le mani sul petto. Sotto ai palmi i muscoli pesano. È potente – in tutti i sensi.

Ed è mio. *Tutto mio.*

"Davvero?" Alza le sopracciglia.

"Ci divertiremo. E Thaddeus si comporterà bene." Adesso che l'ho conosciuto, ho l'impressione che la valutazione di Ruby sia corretta. Si annoia, ma ha comunque un codice d'onore.

"Be', di sicuro l'hai lusingato a sufficienza..."

Oddio... ma è geloso?

Gli slaccio un solo bottone della camicia e gliela apro. Lo scompiglio giusto a sufficienza da dargli quell'aria da 'capo dopo l'orario di lavoro'. *Gnam.* "Sta' tranquillo. Resti sempre il cattivone più cattivone di tutti."

Brontola qualcosa, e mi alzo sulle punte per baciarlo.

China la testa per un bacetto sulle labbra, ma è ancora distratto.

Vorrei poterlo aiutare a rilassarsi. Stiamo per esibirci in pubblico, e il destino del nostro territorio dipenderà dallo spettacolo. Insomma, deve concentrarsi!

Conosco però un modo per stuzzicarlo... è rischioso, ma credo di potermelo permettere.

"Sai..." Ancora me lo sistemo – gli liscio la camicia – ma parlo con tono pensieroso. "Non mi avevi mica detto che il re vampiro è figo."

"Cosa?" Aggrotta di colpo la fronte, e sotto le mie mani corre un ringhio.

Oh, adesso sì che è concentrato...

Sto aizzando l'animale, tecnicamente senza neanche mentire. E lo capirà. Trovo davvero attraente Thaddeus... così come può esserlo un aereo da caccia o un coltello con una bella lama.

"Giusto per essere sinceri... io tifavo per Edward, non per Jacob."

S'immobilizza un attimo. Gli occhi gli luccicano di rosso oro, e capisco che sta riprendendo il controllo del lupo.

Quando si muove, è tanto veloce che neanche lo vedo. M'infila la mano nei capelli e mi piega indietro la testa. La sua scende, e s'impossessa delle mie labbra per un bacio ustionante. Con la lingua mi perlustra la bocca, reclamando, dominando. Alla fine ho le vertigini e mi dolgono i capezzoli.

Ha gli occhi ancora luminosi quando alza il capo. "Non so chi siano quegli sfigati, ma a fine nottata l'unico nome che ricorderai sarà il mio."

# Capitolo sei

**B**rick

Al centro del piccolo palco, mi ritrovo sotto allo scroscio dei riflettori. Qui tutto è calcolato per esser troppo chiassoso, luminoso, sgargiante. Malgrado i sensi acutizzati come quelli dei mutanti, le sanguisughe adorano farsi detestabili. Forse qualche decennio di gestione del locale ha intorpidito Thaddeus nei confronti dell'eccesso.

Attorno siedono i gozzovigliatori. Corre un basso mormorio, come un pubblico in attesa dell'attacco dell'orchestra. Li ignoro tutti.

Gli amichetti di Thaddeus hanno allestito il palco come da me richiesto: una scrivania nuda e una sedia d'ufficio come unica attrezzatura scenica. Ho pensato di ricreare con Madi i nostri appuntamentini segreti sul lavoro. Giocare un po' alla dominazione, compiacere il re e filare a casa.

È in ritardo. L'ho lasciata nella stanza verde dopo che mi ha detto di aver bisogno di un attimo per darsi una rinfrescata, e dovrei aspettarla. Ma sarebbe dovuta arrivare dieci minuti fa!

Il lupo vorrebbe fiondarsi sul retro per verificare che stia

45

bene. Mantengo però la calma, e osservo Billy, alla porta. So che vede benissimo Sully, che comunica con Madi.

Nell'istante in cui uscirà, quei due se ne andranno e cominceremo – e finalmente chiuderemo questa farsa del cazzo.

Mi sento addosso occhi di sanguisughe. È giusto quel che ho detto a Madi: Thaddeus vuole mettermi alla prova, vedere se so mantenere il controllo – ma è anche curioso. Com'è aver trovato la compagna di fato? Che razza d'umana s'innamora di un mostro?

Si capisce che Madi l'ha colpito. Colpito... e intrigato. E ci mancherebbe altro! Che si lasci affascinare quanto vuole – basta che tenga le mani a posto.

Il mormorio della folla riporta di colpo la mia attenzione sulla sala. Sul finire del corridoio, Billy si raddrizza tutto. È sorpreso. Poi si volta verso di me e mi fa un elegante saluto militare.

Mi acciglio. Stanno combinando qualcosa.

Poi compare Madi, e il mondo svanisce.

Incede a testa e mento alti, come una supermodella in passerella. Sculetta con fare sicuro, torrido. Carica gli spettatori.

E si è cambiata. Sparito è il modesto vestito bianco su cui ci eravamo accordati. O si era portata il cambio, o si è fatta recuperare tutt'altro dalle assistenti. Un abito rosso sirena le esalta le curve, e un paio di tacchi a spillo le fanno guadagnare una bella manciata di centimetri in altezza. Il vestito è corto, sexy. Ma la cosa che mi fa più incazzare è la profonda scollatura che le denuda il rigonfiamento dei seni.

Riecco Buchetti.

L'intero locale par trattenere il fiato. Il pubblico è muto, come fosse discesa su di noi una dea e un respiro sbagliato potesse indurla a eliminarli tutti.

Thaddeus sogghigna. Se è lui il fautore del cambio d'abito, si ritenga fortunato se non gli strappo gli occhi prima che il lupo gli divori il cuore – mentre ancora batte! È possibile però lo diverta solo la mia reazione, che la ribellione di Madi non c'entri nulla, che si tratti solo e semplicemente della classica faccia da culo tipica dei vampiri.

Ho comunque voglia d'ammazzarlo.

Ma non sono venuto per questo.

Mi volto verso Madi quando ancheggia su per il palco. Tendo automaticamente la mano per aiutarla. Si è pure rifatta il trucco. Occhi maliziosi da gatta. Labbra rosso scuro.

Mozza il fiato, e per un attimo non riesco a far altro che tenerle la mano e meravigliarmi che sia mia.

Scorge alle mie spalle scrivania e sedia e fa un sorrisone. È pronta. Col profumo del suo muschio segreto, l'aria si fa inebriante.

La tiro a me e ringhio: "Sei in guai seri, ragazzina."

La scena è cominciata.

Adesso dimostrerò – a lei e a tutti i presenti – che è mia.

# Capitolo sette

**M** *adi*

Levo gli occhi su Brick, la cui profonda voce mi pattina giù per la schiena. Adoro il palcoscenico – altrimenti non suonerei con Aubrey e il gruppo – ma mai ho avuto modo di esibirmi così, e mi elettrizza. Invoco con tutta me stessa la mia piccola attrice bambina.

Brick però non sembra recitare mica. Fa sul serio.

"Chi, io?" dico, tutta fusa.

Mi molla la mano e mi fa un giro intorno.

"Vede qualcosa che le piace?" Percepisco il suo sguardo perlustrarmi tutta. Mi formicola il didietro.

"Ti avevo detto di non metterti più questo vestito."

Poso la mano vicino alla scollatura "Oh, questo vecchio straccetto?" Lascio ricadere la testa all'indietro e mi accarezzo la pelle nuda fra i seni. "Ma rientra nelle disposizioni sull'abbigliamento! Secondo le risorse umane, almeno."

"Non secondo me." Il ringhio mi fa ronzare dentro. È giusto dietro di me, mi alita sul collo. "Hai disubbidito a un ordine diretto."

Mi lecco le labbra. "E cosa farà in proposito... signore?"

"L'insubordinazione è già durata troppo a lungo." Agguanta la sedia e la scosta dalla scrivania. "Hai fatto la cattiva, perciò pagherai... col culo." Mi afferra il braccio e mi fa ruotare tanto velocemente che non capisco neanche che succede... finché non mi ritrovo a novanta sul tavolo, coi palmi e la guancia sul legno. Mi blocca con mano ferma ma delicata.

Sono così eccitata da soffrirne.

Mi prende il sedere nel palmo, e capisco che vuole sculacciarmi sopra i vestiti. Non ha idea di che tipo di mutande porto – se poi le porto! Il cambio di look è una novità per lui, il suo scontento è reale.

Proprio come avevo previsto.

Allungo le mani indietro per farmi scivolare il tessuto dell'abito aderente sui fianchi. Mi sono messa un body. È modesto come un costume da bagno intero, ma è d'un beige pallido uguale alla mia carnagione, quindi a chiunque non sia troppo vicino dà l'illusione che abbia il culetto scoperto.

Su di me, Brick respira pesante. "Adesso sei in guai seri." S'avvicina per mettermi una mano sulle reni. L'uccello mi si struscia sul sedere. "Adesso ti dimostro chi comanda."

\* \* \*

*Brick*

Sulla mia compagna, mi concedo un attimo per godermi il panorama del suo culo all'aria, di lei piegata sulla scrivania. Le gambe dritte nei tacchi le danno quei centimetri in più che glielo sollevano. E quando il vestito è scivolato verso l'alto denudandole la pelle un pezzettino alla volta... che voglia m'è venuta di strapparglielo via e divorarla!

'Fanculo il pubblico. 'Fanculo la sceneggiata recitata per Thaddeus. Voglio affondare le palle nella mia compagna. Me la sbatterò fino a farle a brandelli l'abitino e fino a farla molle di piacere, poi le denuderò la spalla per marchiarla di nuovo. Le zanne già sono viscide e pronte, il lupo ci sta.

Le schiaffo una mano sul collo per tenerla ferma. Adora le restrizioni fisiche, e voglio che senta tutta la mia dominazione.

Ha i capelli scompigliati sul viso, ma scorgo una lievissima curva delle labbra. Se la gode.

Le sbatto la mano libera sul posteriore. Le sfugge un sussulto, e in preparazione si pianta sulla superficie. La sculaccio ancora, con la stessa forza, lasciandole sentire tutto il mio scontento. È un suo piano. In spogliatoio mi ha fregato, poi si è agghindata così per spingermi sul baratro. E ha funzionato – ora mi concentro solo sul giochino. Non su quello diplomatico fra mutanti e vampiri, no... sul giochino nostro.

Senza una parola, mi ha ricordato l'unica cosa che conta. La nostra passione. Il nostro amore.

Il locale e il pubblico svaniscono. Al momento potremmo pure essere le uniche due persone al mondo. Non me ne importa nulla del palco né di chi ci circonda, oltre i riflettori.

L'odore di Madi fiorisce fra noi, maturo, pronto. E adesso le darò ciò di cui ha bisogno... e non solo.

I primi colpi erano un avvertimento. Adesso le tempesto la pelle di schiaffi attenti, mirati a ogni singolo centimetro del suo seducente fondoschiena. Il body color carne le copre il sesso, ma agli spettatori deve sembrare osceno – perciò voglio farle rossa tutta la pelle esposta.

Finisco il riscaldamento e ricomincio a sculacciarla, forte abbastanza da farmi formicolare il palmo. Le natiche sono a chiazze rosa. Sbatto giù una mano con più potenza; lei sibila e si fa scappare un gemito di gola. Ma non si sposta, né mi fa segno d'aver bisogno di pause. Chiude gli occhi in uno sfarfallio di ciglia.

Qualche altro minuto di botte ed entrerà nello spazio sotterraneo, quello della dominata. Ah, mi si gonfierebbe il petto nel vedere che si fida tanto di me da lasciarsi andare pure qui, in territorio precario.

"Adori provocarmi, eh?" Sottolineo le parole con uno schiaffo echeggiante sul punto tenero sotto alla natica destra. "Ti metti a sculettare con vestitini aderenti. Un look del tutto inappropriato all'ufficio." Il lato destro è rosso, perciò passo al sinistro. "Mi tenti. Chi è che comanda qui, ragazzina?"

"Lei." La voce è affannosa, deliziosa.

Le colpisco il centro del sedere tanto forte che oscilla sui tacchi. "Non ho sentito."

"Lei, signore," strilla.

"Esatto." Le giro intorno per prenderle una bella manciata di capelli e tirarle la testa indietro lentamente, con delicatezza. "E chi stabilisce le regole?"

"Lei." Schiude le labbra rosse, e mi viene voglia di baciarla. Non ancora, però.

"Esatto. T'insegnerò questa lezione tutte le volte che ti serve. E adesso ringraziami della punizione."

"Grazie, signore."

"Brava." Parlo con voce tanto grave che tanto valeva ringhiare. Le agguanto la natica destra e la strizzo – rabbrividisce di piacere. Nei pantaloni l'uccello è gonfio, e quando le sfiora il fianco devo stringere i denti per non venire. Per non impalarne il caldo centro bagnato.

*Dopo.* La prenderò dopo, quando saremo soli.

Ha le palpebre socchiuse. Si lecca le labbra, e trattengo

un gemito. Mi avvicino per premerle due dita sul soffice labbro inferiore. Mi apre immediatamente la bocca, e le immergo in quella bollente cavità umida.

"Così, tesoro. Fammi vedere come mi faresti godere." Rotea la lingua attorno al dito. Ce l'ho così duro che non riesco neanche a muovermi. Riesco solo ad affondare di più le dita. "Così, prendilo tutto. So che ce la fai. Prendi quello che ti do." Mi mormora attorno alle dita, che estraggo – prima di scoppiare.

"Brava, tesoro." Siedo sulla sedia e la spingo dietro di lei. Il suo culo è un'opera d'arte, rosso e rigoglioso, una soffice pesca che aspetta solo che la spacchi in due. Mi sporgo per cogliere una zaffata del suo odore. Vorrei morderla. Invece le agguanto il sedere e affondo le dita nella carne punita finché non geme. Inarca la schiena e si spinge contro ai miei palmi. "Cazzo, sei proprio perfetta per me."

"Mi sculacci," m'implora. "Mi punisca. La prego, signore."

"Ti punisco eccome." Infilo due dita lungo il tassello del body. Sale sulla punte con un sospiro acuto. "Adesso ti stuzzico come tu hai stuzzicato me. Così vediamo se ti piace."

Il tessuto è fradicio. Con un ringhio mi sposto per bloccare la visuale agli altri. Nessuno può vedere l'eccitazione della mia compagna. Nessuno tranne me.

"Ti è piaciuta la punizione?" chiedo a bassa voce.

"Sì." Inspira forte mentre la esploro.

"Ti piace che prenda il comando. Lo vuoi disperatamente."

Oscilla sui tacchi, si dimena per scostarsi dal mio tocco. Le rifilo uno schiaffone al culo e la ritiro in posizione. "Rispondimi."

"Sì, signore. È bellissimo."

"Vieni qui." Le abbasso i fianchi e la giro verso di me; in

un solo e rapido movimento, me la sistemo in grembo. Mi cavalca adesso, il centro umido proprio sull'uccello. Con un urlo, si solleva sulle ginocchia. Lascio che si sistemi, poi la ritiro giù perché mi si strusci addosso. Le tiro il vestito sul sedere, così è un po' più coperta. Così nessuno vedrà che mi sta infradiciando i pantaloni – anche se possono immaginarlo.

Roteo i fianchi per sfregarglielo sulla fessura a malapena coperta. Mi trema fra le braccia. È arrossata in viso, le palpebre sono mezze chiuse. Si morde il labbro e mi sculeta addosso.

Le prendo un pugno di capelli e le abbasso la bocca sulla mia. Ingarbugliamo le lingue, ma la mia è più forte della sua, e la penetra a ritmo col sollevamento dei fianchi verso di lei.

"Brick!" ansima, poi ha uno scatto di fianchi.

\* \* \*

*Brick*

Mi è venuta fra le braccia. Mi si gonfia l'uccello, come stesse per esplodermi nei pantaloni. Fra un attimo le scosto il body e me la faccio qui, davanti a tutti!

No, mai davanti ad altri. È mia, tutta mia.

Mi alzo e me la butto sulla spalla, coprendole bene col vestito il culetto rosso. Ce la faccio a malapena.

Dovremo fare due chiacchiere, mi sa. Non appena avremo un po' d'intimità.

Mi giro verso il trono, strizzo gli occhi verso le luci tanto stupidamente luminose.

"Fatto," dico a Thaddeus. "Ce ne andiamo."

Thaddeus è già in piedi, batte le mani. Alcuni lo imitano, e ci becchiamo la standing ovation. I più sono troppo impegnati sulle panche e le croci di Sant'Andrea o il banale sesso.

È finita. Il re di Manhattan è contento.

Possiamo levarci dalle palle.

Scocco al re la mia occhiata vacua più letale e vado a grandi passi alla porta sul fondo. Da lì manca una passeggiatina lungo la sala verde, per l'uscita.

Sbuco nella notte. Billy e Sully aspettano ai due lati della porta, e saltano sull'attenti.

"Com'è and..." La domanda di Billy gli muore sulle labbra quando mi vede. Distoglie lo sguardo dal fondoschiena all'aria della mia compagna.

"Bene." La limousine è parcheggiata proprio nel vicolo. Apro la portiera posteriore, mi abbasso per levarmi Madi dalla spalla e la siedo con cautela. Striscia all'interno, e io la seguo. Poi abbaio a Tony: "Partiamo."

Aspetto che il divisorio sia salito prima di voltarmi verso di lei.

"Tu." Non riesco a ringhiare altro prima che mi salti addosso. Mi finisce in grembo, mi cavalca di nuovo. Le sollevo il vestito per aguantarle il culo punito. "Adesso ti scopo. E di brutto anche. E poi parleremo del cambio d'abito, Buchetti."

"Sì, sì..." Si china per aiutarmi a slacciare la cintura. Apro la cerniera e le strappo il sottile body nel punto che separa l'uccello dal suo viscido ingresso. La trafiggo, e con un sospiro all'unisono lasciamo ricadere le fronti l'una contro l'altra.

"Sei stata magnifica."

"Zitto e scopami."

Premio tanta insolenza con uno schiaffo sulla natica

soda. Un giochino che la fa scattare in su, prima che mi risprofondi addosso, facendomi formicolare i testicoli di piacere. Mi piace tanto la sua reazione che la sculaccio ancora, e ancora, facendola strillare e lanciandola in una cavalcata ancor più furiosa.

"Dovevi dire 'zitto e mi scopi, *signore*'," la sgrido, ma continua a saltar su e giù, troppo trafelata per parlare. La lascio fare finché non inarca di colpo la schiena, la bocca aperta in un rantolo. La fighetta mi stritola l'uccello a ripetizione, mentre viene. Mi si scioglie addosso, travolta, e il comando passa a me. Le afferro i fianchi e mi spingo verso l'alto, martellandola finché non vengo io. Ho il suo collo nudo davanti e le bacio la pelle perlacea, le lecco l'odore. Permetto alle zanne di sfiorarle l'impazzito battito cardiaco e trema, viene di nuovo.

"Madi," grido, e mi lascio andare: mi aggrappo alla mia compagna come fosse il mio porto sicuro nella tempesta.

* * *

*Madi*

Finiamo in un ingarbugliamento di arti sul retro della limousine. L'aria è umida e bollente, zuppa dell'odore dell'amore.

La metà inferiore del vestito e del body sono a brandelli. Per fortuna ho un budget illimitato per il guardaroba! Una cosa della quale nessuno mi aveva avvertita sul farsi un alfa è che i vestiti tendono a non sopravvivere...

Brick mi sta ancora baciando, arrossandomi la pelle con quella bocca insaziabile e la barba che gratta. Mi fa male il posteriore – in senso buono. Mi sporgo verso di lui per lisciargli i capelli all'indietro, finché non solleva il capo per impossessarsi delle mie labbra.

Interrompo il bacio mettendogli un dito sulla bocca. "Il vestito è stata una buona idea. Ammettilo."

Con un grugnito, si rifiuta di ammetterlo o negarlo. "D'ora in poi questi vestitini li metterai solo per me."

La limousine si ferma in uno stridio di gomme. Manca qualche isolato a Billionaire's Row, siamo su una stretta stradina a senso unico. Qui non c'è nessuno.

"Dov..."

Il lupo di Brick ringhia, basso e profondo. Mi spezzerebbe la spina dorsale, non l'avessi già sentito. Ha gli occhi luminosi, guarda fuori dal finestrino.

Davanti all'auto, incorniciata da edifici scuri e illuminata dalla superluna, c'è una figura dai capelli brillanti.

Thaddeus.

"Che ci fa qui?" chiedo.

Viene lentamente verso il paraurti. La luce della luna gli accarezza la guancia ricurva.

"Ci penso io." Brick si allunga verso la portiera, ma lo prendo per il braccio.

"Aspetta. Non mi fido." Spaparanzato sul trono finto sembrava uno scemo, ma adesso è incredibile. Pericoloso. "Trama qualcosa."

"Abbiamo fatto tutto quello che ci aveva chiesto. Non ha ragioni di pretendere altro. È ora di chiarire che sono suo pari, non il suo pupazzo! E che posso fargli da alleato potente o da nemico mortale." Però aspetta che acconsenta, con la mia mano sui bicipiti.

Ingoio ogni protesta e mi costringo ad annuire. Volevo facessimo squadra io e lui, e la facciamo. Adesso devo confidare che sarà l'alfa che è. "Sta' attento."

"Come sempre." Si porta la mia mano alla bocca e mi bacia il palmo. "Non farò nulla che possa mettere in pericolo te o il branco."

Scivolo nelle tenebre del sedile, dove trovo la giacca elegante di Brick per coprirmi. Ho il cuore in gola – mi soffoca.

Brick smonta, lasciando entrare nell'abitacolo un bel soffio d'aria fresca, e chiude con cautela la portiera. Mentre va a grandi passi dal re vampiro, mi rendo conto che Thaddeus è alto e ben piazzato quasi quanto lui.

Quando si è avvicinato, si mette ad applaudire. "Bravo, alfa."

Tanta condiscendenza mi fa digrignare i denti.

A Brick pare importar poco. Da qui è impassibile in volto. "Che vuoi?"

"Solo farti le congratulazioni. Sarà una notte da ricordare."

"Noi due abbiamo concluso la nostra parte. Abbiamo rispettato il patto."

"Concordo. Volevo dirti che il favore è stato restituito. Pienamente."

"Ottimo. Grazie della chiacchierata." E si volta per andarsene.

"Un'ultima cosa... gli Adalwulf sono impegnati in un colpo di stato. Sembra che Odin abbia lasciato qualche guaio in eredità al successore. Per un po', il nemico non ti perseguiterà."

Brick strizza gli occhi fino a due fessure d'ambra. "Come fai a saperlo?"

"Me l'ha detto un lupacchiotto. Ho pensato d'informarti. Prendilo come il mio regalo di nozze. Mi ha deluso scoprire di non esser stato invitato alla cerimonia dell'accoppiamento... poi però ho scoperto che ci saranno anche degli umani. Ah, quelli lì rovinano sempre le feste!"

"Non tutti."

"Sì, be', non siamo tutti così fortunati da trovare l'unica

per noi scelta dal fato." Gira il capo con un sospiro teatrale. Qualcosa del gesto però mi fa abbassare di corsa il finestrino.

"Non perda subito la speranza," urlo.

"Madi," brontola Brick, venendo a grandi passi da me. Arretro di scatto per farlo entrare.

"Subito? Sono più di mille anni!" fa Thaddeus. Si fa da parte, divenendo tutt'uno con le ombre. Solo i capelli luccicanti lo tradiscono.

Brick fa un segno e Tony parte. Mi sporgo verso di lui, desiderosa di dire altro a Thaddeus, ma vengo battuta sul tempo da Brick.

"Il fato potrebbe ancora sorprenderti. E la tua compagna potrebbe essere l'ultima persona che ti aspetteresti."

"Oppure se la scelga da solo," aggiungo. Brick mi lancia un'occhiata, e gli faccio un sorrisone. "Be'? Funziona anche così, no?"

"Grazie." Il re china la testa, in una posa antica che lo rende davvero regale.

Brick aspetta di ritirar su il finestrino prima di sbottare: "Bah. Sanguisughe."

"Ma dai, si sente solo..." faccio io. "Peccato non conosca masochiste o fanatiche di Dracula."

"Non azzardarti a fare da Cupido al re vampiro, sai!"

"È un ordine?"

"Sì." Mi salta addosso, e finisco col ritrovarmi la schiena sotto alla sua grande stazza; mi scappa un risolino quando mi afferra i polsi e me li blocca sopra al capo. "Dov'eravamo rimasti?"

# Capitolo otto

**B** *rick*

Per la festa di fidanzamento, la residenza delle Berkshire è illuminata da catenarie e allegri globi luccicanti. Ruby e la mamma si sono fatte in quattro per trasformare questo posto.

La mia compagna emette una zaffata d'ansia. Afferra un calice di champagne da un vassoio itinerante e se lo scola in cinque sorsi.

La lista degli ospiti include la maggior parte degli invitati al ballo della *Fondazione Blackthroat* – la crème della buona società di Manhattan, sia lupigna sia umana. Gente importante per la *Moon Co.* e il branco. Vi partecipa anche una manciata di nuovi dipendenti e colleghi di Madi alla *Fiumana*, fra cui Eleanor Harrington; e poi, ovviamente, sua madre, suo fratello e Aubrey. Il padre biologico e i suoi insipidi fratelli non sono stati invitati.

"Ehi, tesoro... sei nervosa?"

Scuote appena in fuori gli arti, come una pugile pronta a salire sul ring. "Un po'. Ma sopravvivrò."

"Aspetta." Le cingo la vita con un braccio e me la tiro

addosso. L'evento somiglierà pure al ballo di beneficenza, ma stavolta non devo fingere che Madi non sia niente più che un'assistente. Stavolta non permetterò a nessuno di mancarle di rispetto.

"Su chi desideri tanto fare colpo? Ti sei già conquistata il branco!" Scruto la folla nel tentativo d'indovinare cosa possa innervosirla tanto. "Ah. Hai paura di quello che accadrà fra tua madre e tua nonna?"

"Oh, è già accaduto qualcosa fra loro due," dice tesa. "Eleanor si è detta molto fiera di me e la mamma le ha risposto *sparisci dalla mia vista, brutta megera.*"

Mi scappa lo sbuffo di una risata. "Adoro tua madre. Ecco da chi hai preso il fegato." Riesco a strapparle un sorriso. "Ha un bel caratterino."

"È uno strano miscuglio di persone." Lascia vagare lo sguardo per il salone. "Voglio chiedere a Aubrey di farmi da damigella d'onore, ma credo lo odierebbe. Insomma, chi sarà il tuo testimone? Billy? La tratterà malissimo."

"Non so di cosa stai parlando. Cos'è il testimone?" Scherzo – ma solo in parte. Ovvio che sappia cos'è un testimone! Dato però che non rientra nelle nostre tradizioni, ne ho un concetto vago.

Madi ride... suono che placa il lupo. "Non lo sai?"

"È tipo uno spione?"

Allarga il sorriso. "Sì. Ma solo per il matrimonio. Di cui si occupano tutti gli amici più cari." Si porta di corsa la mano alla bocca con affettato sconcerto. "Oddio, mi sono appena resa conto che le nozze sono state organizzate da mutanti che non hanno idea di come funzionino queste tradizioni!"

"Be', possiamo stare al gioco. Ma che senso hanno comunque? Insomma, cosa fanno?"

"Tutto." Mi rivolge i suoi occhioni seri. Credo mi stia

prendendo in giro anche lei, ma non ne sono mica sicuro. Dovrò verificare che i miei si dimostrino all'altezza di tutte le sue aspettative.

"Va' a chiedere a Aubrey di farti da damigella d'onore, su. Io mi assicurerò che Billy si comporti da perfetto gentiluomo e sia completamente al suo servizio."

"Lo odierà."

"Lo farà: sei la sua Luna. Adesso vai, tesoro. Voglio sistemare la cosa, così ti puoi rilassare."

Già è più luminosa. Si alza sulle punte. "Ok." Mi dà un dolce bacio. "Non vedo l'ora di farti diventare il signor Evans."

Inarco un sopracciglio. "Prego?"

"Blackthroat-Evans." Fila via dopo avermi fatto l'occhiolino.

* * *

*Billy*

Ho in mano un bicchiere del migliore champagne acquistabile sul mercato... il cui odore frizzante viene rovinato dalla cacofonia di profumi che mi circonda: umani con essenze, colonie, deodoranti e un pizzico di acqua di rose che m'innervosisce l'animale.

Le feste di fidanzamento sono un ridicolo costrutto umano. Che ne è stato della cerimonia dell'accoppiamento?

Il lupo reclama la compagna in privato, con un morso. Possono conoscersi e accoppiarsi in una sola notte. Niente corteggiamenti lunghi, trascinati. Per una semplice cerimonia dell'accoppiamento possono correre insieme sotto alla luna piena, accompagnati dalla serenata di ululati dei rispettivi branchi. Poi si danno alla riproduzione.

I nobili – tipo Brick – spesso danno una cerimonia con tutti i crismi. È un modo per mescolare e far conoscere le famiglie reali. Spesso vengono invitati membri dei branchi vicini. È più un evento politico che amoroso.

Ma qui ci sono umani. Il fatto che Madi non sia una lupa complica tutto. Stanno già organizzando un matrimonio sfarzoso. Mi chiedo poi come abbia fatto una cerimonia dell'accoppiamento a trasformarsi in una *festa di fidanzamento*!

E questa sulle Berkshire pare sia solo la prima di molte, l'annuncio che Brick ha messo al dito della sua ex segretaria una pietra delle dimensioni del New Hampshire e che ha in programma di sposarla. Come non l'avesse già marchiata per la vita.

Non me ne fregherebbe un cazzo, solo che Madi non è l'unica umana presente in casa. Sul sacro territorio del branco. C'è la madre. Il fratello. Un'amica, l'ex assistente di Brick, Indira. La nonna, l'erede della *Cosmetici Fiumana*, e tutto il suo entourage.

E ovviamente la sua ex coinquilina, la ragazza della caffetteria: Aubrey.

Tutti qui, a mescolarsi col branco, come fosse accettabile che un lupo alfa si accoppi – *si sposi* – con un'umana.

Devo ammetterlo però: la villa non è mai stata più bella. La sala da ballo luccica, e hanno pure lasciato aperte le porte sul retro all'aria invernale. È stata spalata la neve dall'ampio patio posteriore, e ci sono dappertutto stufe per la delicata costituzione umana. Salviamoci almeno dall'eventualità che una folatina di vento gli faccia venire i geloni!

C'è Catherine Adalwulf – ha aiutato Ruby nell'organizzazione. Mi devo ancora abituare al fatto che sia entrata nel branco. Tutto è stato perdonato, malgrado abbia assassinato il nostro alfa.

O comunque abbia contribuito all'assassinio.

Pare che la morte del fratello abbia sciolto il magico legame che la teneva vincolata a quelli lì.

Ho saputo che ha insistito per pagare tutta la festa attingendo alle sue riserve. Per fare ammenda per la frattura provocata nella famiglia.

Non sono l'unico presente a non averla accolta a braccia aperte. Ce l'hanno chiaramente ancora con lei anche Liz e Dane.

Non ha importanza che lei e Ruby ospitino l'evento per accettare l'umana nella cerchia come un fronte unito. È una Adalwulf. E non riavremo mai ciò che gli Adalwulf ci hanno portato via. Nulla si aggiusterà finché non avremo spazzato via quel malvagio branco dalla faccia della terra.

Dovremmo organizzarne la rovina – invece perdiamo tempo a bere champagne e mangiare delicati antipasti che a malapena mi smorzano una fame da lupi. Crudités del cazzo.

Uno degli ospiti di Madi è vegetariano: quella della caffetteria, ci scommetto – quindi c'è un intero vassoio di cibo da scoiattoli. Chissà come reagirebbero gli umani se sguinzagliassi l'animale, portassi a casa una preda e l'attaccassi selvaggiamente sul bel prato verde...

Al lupo l'idea non dispiace per niente. Vuole sconvolgere la barista.

Scruto la stanza alla sua ricerca. So che c'è per via del meraviglioso profumo. La scorgo in piedi, a braccetto di Madi; parlano con Ruby.

Indossa un tubino argenteo che le abbraccia la figura a clessidra. Il collo snello si leva come quello di un cigno, la moltitudine di minuscole treccine le arriva fin quasi al culo.

Al naso stavolta ha un piercing d'argento, al posto dell'anellino dorato.

Mi brucerebbe se mi toccasse la pelle.

*Ne varrebbe la pena, per assaggiare quelle labbra.* Il pensiero giunge come un lampo, accigliandomi.

Arriva Brick. "Fa' sparire quel brutto grugno."

Passo all'inespressività. Lo sguardo mi torna alla barista.

"Madi già fatica abbastanza a far abituare parenti e amici alla sua nuova vita. Non complicarle ulteriormente le cose con le tue stronzate antiumane."

"Non ho ancora scaraventato fuori nessuno, no?"

"Questo fine settimana t'impegnerai al massimo per far sentire gli umani a loro agio."

"Sì, alfa."

"Guarda che non scherzo mica."

"Lo so." Levo appena il mento, gli offro la gola per mostrare resa.

"Senti... non è tutto."

Mi preparo. Non mi piace il tono.

"Devi farmi da testimone."

Porca miseriaccia. Stupide tradizioni umane del cavolo.

"E che dovrei testimoniare?" chiedo secco.

"Boh, vedremo. L'importante è che onoriamo il lato umano della mia compagna. La tradizione la metterà più a suo agio. Un piccolo prezzo da pagare."

Sento acido sulla lingua.

"Aubrey, la migliore amica di Madi, le farà da damigella d'onore. Ossia l'equivalente del tuo ruolo. Con lei devi essere particolarmente gentile. Sarete voi a capo del matrimonio."

"Cosa?"

È pazzo se pensa che voglia mettermi a capo di un matrimonio!

"Non dell'organizzazione – di quella si occupano Ruby e mia madre. Dell'evento. Cioè, non so di cosa – dovrete collaborare, visto che ricoprirete dei ruoli importanti nella cerimonia. Devo sapere che le riserverai tutto l'onore che riserveresti alla mia compagna. O alla tua."

Il fatto che equipari Aubrey alla mia compagna mi fa rizzare i peli delle braccia.

Butto l'occhio e vedo Madi parlare con Aubrey. Le due mi guardano. Aubrey capisce che la stavo spiando, e strizza gli occhi. Si sfrega il naso col medio.

Molto matura. La voglia di metterla a novanta per farle capire cosa succede alle umane ribelli che bramano due sculaccioni me lo fa venire duro nei pantaloni.

Brick inclina la testa in direzione di Madi e dell'esasperante amichetta. "A cominciare da ora."

*Fregato.*

Mi sa che sono appena diventato il babysitter degli umani. Che culo.

"Ai tuoi ordini," brontolo – e mi allontano, puntando dritto dritto verso la mia rovina.

# OTTIENI IL TUO LIBRO GRATIS!

Iscrivetevi alla newsletter di Midnight Romance per ricevere La Vergine e il Vampiro e notifiche riguardo a nuove pubblicazioni!

https://dl.bookfunnel.com/wg56byh1hb

# OTTIENI IL TUO LIBRO GRATIS!

Iscrivetevi alla newsletter di Renee per ricevere Preludio e Indomita, scene bonus gratuite e notifiche riguardo a nuove pubblicazioni!

https://subscribepage.com/reneeroseit

Ricevi un libro gratuito, **Allevata dai Berserker** (solo per i fan più sfegatati iscritti alla newsletter di Lee). **Clicca qui per cominciare**

# Altri libri di Renee Rose

https://reneeroseromance.com/italiano/

## I lupi di Wall Street

*Grande capo cattivo: Mezzanotte*

*Grande capo cattivo: Il folle della luna*

*Grande capo cattivo: La marchiata*

Grande capo cattivo - Gli accoppiati

## Alfa ribelli

*Tentazione Alfa*

*Pericolo Alfa*

*Un premio per l'Alfa*

*Una Sfida per l'alfa*

*Obsession Alfa*

*Desiderio Alfa*

*Guerra Alfa*

*Missione Alfa*

*Tormento Alfa*

*Segreto Alfa*

*La preda dell'Alfa*

*Il sole dell'Alfa*

*Sangue Alfa*

*La luna dell'Alfa*

*Giuramento Alfa*

La vendetta dell'Alfa

Fuoco Alfa

Salvataggio Alfa

Ordine Alfa

## Wolf Ridge High

Alfa Bullo

Alfa Cavaliere

Fratellastro Alfa

Re Alfa

## Wolf Ranch

Brutale

Selvaggio

Animalesco

Disumano

Feroce

Spietato

## Due Segni

Indomita (gratuito)

Tentazione

Deseada

Sedotta

## Uomo d'onore

Non provocarmi

Non tentarmi

Non costringermi

*Mafia Daddy*

*Jack of Spades*

*Ace of Hearts*

*Joker's Wild*

*His Queen of Clubs*

*Dead Man's Hand*

*Wild Card*

## Gli alfa di montagna

Eroe

Ribelle

Guerriero

## Padroni di Zandia

*La sua Schiava Umana*

*La Sua Prigioniera Umana*

*L'addestramento della sua umana*

*La sua ribelle umana*

*La sua incubatrice umana*

*Il suo Compagno e Padrone*

*Cucciolo Zandiano*

*La sua Proprietà Umana*

*La loro compagna zandiana (gratuito)*

## Le spose zandiane

Notte degli zandiani

Comprata dagli zandiani

Dominata dagli zandiani

Luci zandiane: il romanzo della festa aliena

Trattenuta dallo zandiano

Reclamata dallo zandiano

Rubata dallo zandiano

Salvata dallo zandiano

# Altri romanzi di Lee Savino

### Romanzo Paranormale

I lupi di Wall Street
*Gran Capo Cattivo: Mezzanotte*
*Gran Capo Cattivo: Il folle della luna*
*Grande capo cattivo: La marchiata*
Grande capo cattivo - Gli accoppiati

Alfa ribelli con Renee Rose
Tentazione Alfa
Pericolo Alfa
Un premio per l'Alfa
Una sfida per l'alfa
Obsession Alfa
Desiderio Alfa
Guerra Alfa
Missione Alfa
Tormento Alfa
Segreto Alfa
La preda dell'Alfa
Sangue Alfa
il sole dell'Alfa
La luna dell'Alfa
*La luna dell'Alfa*
*Giuramento Alfa*
*La vendetta dell'Alfa*
*Fuoco Alfa*
*Salvataggio Alfa*
*Ordine Alfa*

La saga dei Berserker
Venduta ai Berserker
Accoppiata ai Berserker
Presa dai Berserker

## Altri romanzi di Lee Savino

Data ai Berserker
Rivendicata dai Berserker
Salvata dai Berserker
Catturata dai Berserker
Rapita dai Berserker
Legata ai Berserker
La Notte dei Berserker
Posseduta dai Berserker
Domata dai Berserker
Comandata dai Berserker

### Romanza Fantascienza

Il pianeta dei re con Tabitha Black
Compagno brutale
Rivendicazione brutale

Padroni tsenturion con Golden Angel
La prigioniera aliena
Il tributo alieno
Rapimento alieno

Draghi in esilio con Lili Zander
Compagna Draekon
Fuoco Draekon
Cuore Draekon
Rapimento Draekon
Destino Draekon

### Romanzi Contemporanei

Il principe scapestrato
La finta fidanzata del futuro re

La bella e i boscaioli
Il mio daddy è un marine
Contesa tra due "paparini"

Dark mafia con Stasia Black
Innocenza

*Altri romanzi di Lee Savino*

Risveglio
La regina della malavita

Ranch del sadomaso con Tristan Rivers
La bambina del cowboy
Una ragazza da domare

# L'autore Renee Rose

**L'autrice oggi bestseller negli Stati Uniti Renee Rose** ama gli eroi alfa dominanti dal linguaggio sboccato! Ha venduto oltre un milione di copie dei suoi romanzi bollenti, con variabili livelli di erotismo. I suoi libri sono comparsi su *USA Today's Happily Ever After* e *Popsugar*. Nominata *Migliore autrice erotica da Eroticon USA* nel 2013, ha vinto come autrice antologica e di fantascienza preferita dello *Spunky and Sassy*, come miglior romanzo storico sul *The Romance Reviews* e migliore coppia e autrice di fantascienza, paranormale, storica, erotica ed ageplay dello *Spanking Romance Reviews*. È entrata dieci volte nella lista di *USA Today* con varie antologie.

Iscrivetevi alla newsletter di Renee per ricevere scene bonus gratuite e notifiche riguardo a nuove pubblicazioni!
https://www.subscribepage.com/reneeroseit

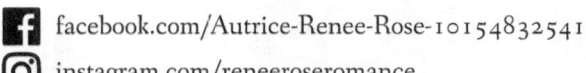

facebook.com/Autrice-Renee-Rose-101548325414563
instagram.com/reneeroseromance

# L'autore Lee Savino

Lee Savino è una fra le migliori scrittrici di libri erotici 'smexy' al giorno d'oggi negli Stati Uniti. 'Smexy' nel senso di 'smart e sexy': storie sensuali ed argute. La puoi trovare nel gruppo Goddess in Facebook ed è possibile scaricare un suo libro gratuito su https://leesavino.com/italiano!

Ricevi un libro gratuito, **Allevata dai Berserker** (solo per i fan più sfegatati iscritti alla newsletter di Lee). **Clicca qui per cominciare**